# 抓住一個春天

吳念真 著

# 再版自序——曾經

面對這本書，一如面對青春、面對初戀，或面對初為人父的自己，雖然，它的年紀比起兒子都要大上許多。

《抓住一個春天》是我人生的第一本書，出版當年我應該二十五歲左右吧？而今年七十一，四十六年過去了，從少壯到古稀。

遺忘，彷彿是年歲增長後的必然，就像年輕的時候曾經聽過的一首歌的歌詞所說的：「……若我不能遺忘，這纖小軀體又怎能載得起如許沉重憂傷？」所以，若非重新翻閱，大多數的篇章都早已面貌模糊，唯獨作為書名的這一篇始終歷久彌新，然而，記得的並非文字內容，而是從書寫、投稿、發表直到出書前後所遇到的人與事，因為這些人與事幾乎影響、改變甚至決定了我之後的生涯。

人老話多，文長慎入，有興趣的就請耐著性子聽我慢慢說。

一九七五年是我三年兵役的最後一年，年初，部隊剛從金門移防苗栗大坪頂，沒想到當環境的整理整頓、防務的部署調配剛完成，部隊才稍微放鬆下來開始正常輪休時，老的那個蔣總統卻就在那個時候過世了！

部隊再度進入長達一兩個月的一級戰備，休假取消、電影院關門、電視變黑白……除了睡覺之外全員全副武裝，政治課上不完，下課時間廁所外到處都堆著暫時脫卸下來的鋼盔，和掛著子彈袋、醫護包、刺刀、水壺等等的沉重的S腰帶。有一天，營長要進來尿尿，幾乎找不到落腳處，氣得在外頭大罵：敵人不要多，只要一個帶把步槍來攻廁所，半個部隊全光著屁股被押走！有個阿兵在裡頭低聲回應：不會啦，營長會帶著他的短槍來救我！

也許是白天的政治課睡太飽，阿兵們夜裡精神似乎特別好，有一天當我輪值午夜十一點到一點的安全士官時，發現中山室裡平常乏人問津的文康書箱中竟然只剩幾本像《蘇俄在中國》之類的磚頭書，那些比較容易入口的武俠小說和教忠、教孝培養愛國情操的小說全部被借走了！長夜難度又苦無消磨方式，正當懊惱不已的時候，我們的預官輔導長正好從他房間出來，問我在找什麼？我說：沒書看！他說女朋友給他寄了一些書來，有一本小說他剛看完，「夭壽好看，你一定喜歡！」他回房把書拿出來給我，說：「慢慢看。」

那本書的封面很不一樣，很新潮、很醒目，書名只有一個字：《鑼》，作者是黃春明。

書不厚，真的夭壽好看，所以要慢慢看真的很難，整本看完時，才發現我連一點到三點的安全士官都忘了去叫交班。既然如此，那就乾脆從頭再看一遍。

清晨，起床號響起之前，輔導長拿著盥洗用具走出房門，看到我只愣了一下，說：看整夜？我笑了笑點點頭，他說：我就知道你會喜歡，因為裡頭有一個主角的名字跟你一樣，叫「憨欽」！此外，他什麼都沒說。

《鑼》和黃春明先生在那個夜裡啟發我的是：只要多看一眼、多聽一下，身邊再平凡的人都有故事，都會是一本書。

後來，我買了一本筆記簿，把小時候記得的事、鄰居或兵士們講過的故事逐一條列，覺得內容逐漸長大，大到差不多了、自覺很完整了，就寫下來往部隊有訂閱的報紙副刊寄。結局你應該想也知道，每寄每退，但或許年輕，心理自衛機轉很強大，退得快的會有短時間的失落，只要退得慢一點的，就會想說：應該寫得還不壞，所以他們才會猶豫吧？

部隊輔導長是可以檢查信件的，所以我寫的稿子他幾乎每篇都會看過，而每次把退稿拿給我的時候都會說：加油哦，還有進步的空間！或者：這篇我都看不懂你要表達什麼呢！

不久之後他就退伍出國念書了，新的輔導長是職業軍人，第一次拿到報社的退稿時，把我叫進房間，念了一兩個小時，其實只是傳達了一個重點：退伍之後，你要寫什麼我管不著，但只要還在部隊，就別跟報社有關聯！

我是聽話的兵，從此只有筆記、日記，沒有投稿。

一九七五年十一月底，我退伍了。

十五歲初中畢業後就到台北工作，雖然之後也半工半讀念完高中補校，但其實身無一技之長，所以退伍前已經決定了兩件事：第一，先找到可以養活自己的工作；第二，考夜間部大學，因為對當時做學徒已經太老的我來說，念大學應該是取得「專長證明」最快速的途徑。

於是，一九七六年初，我進了台北市立療養院（現在的台北聯合醫院松德院區）當雇員。

工作有著落之後，開始進行第二個計畫。首先去南陽街的補習班了解一下夜間部大學到底有哪些科系？要考些什麼科目？還有，離開學校三、四年了，課本內容是不是有什麼改變？

不問還好，一問之下整個人就涼了半截，因為除了歷史、地理和三民主義勉強還有點記憶之外，國文、英文、數學幾乎和先前所讀的完全不一樣，尤其是數學，根本就像天書！當時已經是二月，而夜間部聯招是八月初考試，也就是說我只有半年的時間必須去消化一卡車近乎全新的教科書，連補習班的人都說：「是有難度，但未必不可能，而且你剛退伍，錄取分數有降低百分之十的優待。」然後給了我一堆參考講義和五節免費試聽。

由於我要上班，所以那五節試聽我打算用一個星期天全部用完。

那天北台灣難得豔陽高照，陽光驅走多日來的濕冷，火車站前紅男綠女熙熙攘攘，個個笑容燦爛，而才一街之隔的教室裡卻寒氣未散，燈光昏沉。應該小我

四、五歲左右的男孩女孩一個個面無表情、鬱鬱寡歡，老師拚命講笑話，他們似乎也不太領情，我鄰座的一個男孩甚至還說：拜託！這個月我已經聽過四次了！

午休的時候課堂裡只剩下少數幾個人，三、四個男生正圍著兩個女生攪和，主題是想說服她們下午蹺課，一起去陽明山郊遊，說：「多上下午這幾堂課也不一定能多考幾分，沒去曬曬今天的太陽絕對卻會遺憾一輩子！」

然而下午的課程一開始，我發現那幾個人都還在，依然面無表情地看著老師，鬱鬱寡歡。

黃昏回到醫院宿舍，回想這一天的上課情形，發現這樣的課程其實並不適合我這種狀況的學生，我應該放棄一兩個可能徒勞無功的科目，把有限的時間集中在「有讀有保庇」的學科上。於是立定主意：數學放棄！英文、國文靠實力，三民主義死背，歷史、地理集中力氣！

然而歷史地理總共十二本，光要看完都不容易，哪有「精讀」的餘裕？沒想到補習班給的簡介資料上剛好有一則「用地圖讀地理、歷史」的廣告，號稱只要買四本地圖就可以讀通十二本地理、歷史，好極了！這麼一來我好像連課本都可以不用買啦！

也許心裡的壓力得到一點點緩解吧，當我吃著晚餐時忽然想起相約要蹺課的那幾個男孩，想說：如果一大早的陽光就引誘著他們逃離教室，而且也順利說服幾個女生結伴相隨，那今天應該是無比歡樂的記憶吧？當然也會想到：是什麼樣的父母和家庭可以理解和接受孩子們這種暫時「短路」的行為？

想著想著，畫面就出來了，於是拿出筆記本開始打草稿，想像著那幾張年輕的臉孔，模擬著他們的語氣，想著白天戶外的光影和溫度，想著他們這一天裡可能遇到的良善的人……就這樣把自己當成一個旁觀者，看著他們開心的這一天，一路跟著記錄下來。過程中好像沒有什麼停歇，只記得燒了一次開水，還有夜裡溫度又降了，找了襪子穿上繼續寫，然後寫完，抬頭時才發現天已經濛濛亮。

沒多久，好像才三月初，《聯合副刊》就登出了這篇文章，沒錯，就是〈抓住一個春天〉。也許因為太長了，還分上下兩天登完。記得那天的日記裡，我寫了這樣的一句話：「這是我人生中第一次可以臉不紅氣不喘地跟人家說：明天，報紙上將會有我的文章。」

文章發表後的某一天，接到報社寄來的一封信，很薄，絕對不是退稿，打開，是一張便箋，很秀氣的字，寫著：念真兄，請多賜短篇。祝筆健　馬各。

夜裡，我問隔壁宿舍一個也經常投稿的醫生說：馬各是誰？他說：好像是《聯合副刊》的主編！

馬各先生或許都不知道他這封短信的威力，他讓這個剛退伍的年輕人幾乎忘了要考大學這件事，每天一下班就在宿舍裡寫寫寫，因為他單純地覺得既然不知道該如何回信表示謝意，那最好的方式無非就是「再寄短篇」。

六月，當副刊登出我第三篇小說時，宿舍裡的同事們終於受不了了，說：你到底要不要考大學啊？

　　而就在決定暫時收心，好好念書之後沒多久，有一天樓下警衛忽然喊我的名字，說有找我的訪客。下得樓來，發現是兩個年紀看起來沒大我多少的人，身邊是一部舊舊的摩托車。他們分別自我介紹，一位是政大教授吳靜吉、另一位則是遠流出版社的王榮文。前者當時比較陌生，至於後者那陣子倒是經常耳聞，因為他的出版社剛出版了一本驚動萬教的小說——吳祥輝的《拒絕聯考的小子》。

　　他們說：在《聯合副刊》上連續看到我幾篇創作，很有潛力，很希望有機會出版你人生的第一本書。

　　沒多久之後便接到王先生寄來的兩張出版合約和一封信，他說這份合約並不具有任何法律約束力，只是彼此的約定、承諾和期待。

　　我簽了，因為對我來說那是一種被注目、被肯定的溫暖和鼓舞，一如馬各先生的便箋，短，卻強大無比。

八月，大學夜間部放榜，考上輔仁大學會計系。取代十二本課本的那四本地圖效果真的不壞，拿到可以接受的成績。原本就決定放棄的數學只看得懂三題，對兩題錯一題，倒扣之後實得10.18分，這被宿舍裡幾個台大醫科畢業的醫生笑了好久，常開玩笑說：這樣的數學實力去念會計，以後你做的帳誰相信啊？

不久之後《聯合報》決定舉辦文學獎，有一天馬各先生約了好多年輕作家在報社聚會，那是我第一次和他見面。他說一直以為我應該是年紀稍微大一點的醫護人員，沒想到卻只是一個剛考上大學的「小孩」啊！

也許他真的把我們幾個年輕的創作者都當「小孩」吧，老怕我們餓著了，所以常約我們去他家吃飯、聊天。

一直記得他家的樣子，和駱太太燒的菜。有一回她炒了一道青菜，樣子看起來是韭菜花，但味道卻不是，忍不住問了，才知道那叫「蒜苔」，那是我第一次知道有這樣的一種菜。

馬各喜歡磯釣，休假時常帶兩個孩子南南北北去釣魚，還寫了一本書叫《偕子同釣》，讀著讀著覺得有這樣的爸爸真好！心裡也想著，未來希望自己也能成為這樣的父親，但至今好像一直沒有做到。

有一天，他又約我去他家吃飯，說報社有一個「特約撰述」的計畫，就是每個月給年輕作家五千塊的生活津貼，唯一的條件是把每一篇作品「優先」交給《聯合副刊》，除此之外沒有任何約束。

當時我雇員的月薪大約才四千塊左右，這樣的額外津貼和近乎沒條件的條件對我來說簡直是「不義之財」，馬各說服我接受，他的說法迄今難忘，他說：報紙是靠「內容」賺錢的，而你們的作品就是內容！

這筆津貼我足足領了五年，從大一一直領到大學畢業第一次拿到編劇金馬獎之後才結束。

一九七七年，我得了聯合報文學獎的第二獎（首獎得主是我後來的同事小野）。馬各說，既然得獎了，就趁這個時候出第一本書吧，因為算一算篇數和字數也都夠了。他說既然大部分的作品都發表在《聯合副刊》，那就交給聯經出版社吧？

也許之前根本都還沒有出書的想法，他這麼一提我反而不知所措起來，因為我始終沒有跟他說過先前和王榮文先生的約定。

那時真是年輕啊，這種「兩難」的狀態竟然讓我憂煩焦慮到不知如何是好。有一天下課後終於忍不住抱著「破釜沉舟」的決心直接跑到報社找馬各，話都還沒說眼淚就先流，馬各嚇了一跳，一直問什麼事，「生活還是工作出了問題嗎？」聽完我自己認為的「困境」之後，他笑了，說：「這種事交給大人來處理，好不好？小孩就好好念書、好好寫作就好，不要去煩惱這個！」

記得我是這樣回答他的：駱先生，我不是小孩啦，我二十六了。

幾天後，王榮文先生打電話給我，說馬各已經跟他說過這件事了，他說之前就說過了，那只是一個約定和期待啊！最後他說：「謝謝你還記得我們的約定，我們等你的下一本書，好嗎？」

那個晚上，我睡了一場久違的好覺，心裡甜甜地想著的是：怎麼我遇到的都是這麼好的人啊！

不久之後，封面乾淨、清爽的書出版了，好像也就在這前後，馬各先生離開《聯副》，調任《民生報》的副總編輯，而我則在一九七八年寫了第一個電影劇本，一九八〇年進入中央電影公司，同樣做寫字的工作，只是寫的是劇本，不是小說。

這是跟這本書有關的一些點點滴滴。

如果你竟然這麼有耐心地看到這裡，請容許我多講一句話：

好像也只有在那麼單純而美好的年代裡才會有這麼一群長輩，他們扒鬆了泥土，開闢了一塊園地，讓不同的種子自在地落下、萌芽，他們殷勤澆灌、施肥，然後微笑地看著他們各自成長，長成他們各自喜歡的姿態。

楊子專欄

# 現代的感受

本月六日應邀欣賞全國現代與傳統的演奏，我很慶幸沒有與忙而放棄這一個難得的機會，去進一步接觸引人深思但又撩人情懷的「二十世紀音樂」。

儘管很不易使人接受的表現方式，每一種樂器的運用，幾乎都是斷續而短暫，協奏的過程採取的是屬於上的結構而非歸納，一般的交響樂都是組合的，而這種Ensemble則是分裂的；但是，它的分裂，卻使人產生整體的孤立感，有如處身夜晚的曠野，每一處蟲聲的發音都是突出、獨特甚或是短促的，但是，整個的情境成了完美的、和諧的天籟。

現代音樂走的是多元方向，一般的音樂欲多多少少加以觀念化，主觀化，組織化；現代音樂卻儘量使它自然化、客觀化、原始化，它讓聽者以自己的感受去觀念它、主觀它、組織它，換句話說，現代音樂是極端的官能化，直接訴諸於聽者的感覺與情緒。

那天晚上可能有許多人為之而不安寧，因為，它對一般人的音樂觀念有很大的排拒性，我卻要精神欣賞了它，而且覺得它比古典的、新古典的、爵士的、這樣的，乃有一番懾人力量；帶我進入一座音的驚宮，領會到樂的本質，我那晚領會的是，樂聲它的音色組合人的驚異大自然的魂，古人說天人合一，現代音樂的官覺在那。

人在從與大自然鬥爭開始，發展到人與人的鬥爭，最後到與自己的情感與理性的鬥爭，總有一種由偏憤、追求、掙扎、幻滅……的掙扎，這樣的掙扎，是存在與不存在的掙扎，是希望與絕望的掙扎，爵士樂的興起，正如一些精神分析學家（如詰門、馬高利士、奧倫、伊士卷等）所指出的是「對世界的憤怒與抗議」，因而它作了速度和旋律的表現；於是，搖擺更是對一切「被壓抑的可憎厭的衝動」，直接的表達出來，或者，更為溫和的形式加以諷刺，最初，我閱讀這種音樂的心理學理論時，只覺得它很奇妙的構造了「反叛性格」與「本性衝動」的表現，但是，當我發覺它在這種情緒，反而能接受野性的呼喚的「搖滾樂」Disco與「超級寫實主義」的現代音樂與繪畫時，我才深深體會到所謂「現代的感受」，乃是對生存全面壓迫的抵抗，那是一種對生命的完美的渴望。

許多人都會感覺的去否定現代感，現代音樂，在我看來，那仍不是現代音樂與現代畫與一般人的先入感受發生格格不入的緣故：主要的是因為一般人在日常的生活模子裏，習於傳統式的感官反應，沒有去深刻更深刻、更純真的感覺，我相信，若是人們能深處存在的現象，我們將、萬物和自我表達多方面的表感實現代音樂與現代畫，一定會得到的驚訝到，在那些似乎不合諧的音符，線條與組合中，實在含有自己的「心理根源」。

聽完那場現代與傳統的演奏後，我曾向幾位朋友討論這種現代音樂的發現，我說，現在人類與人性的化合；大自然的無言回聲，人性的掙扎回在樂曲，朋友們都說朋友的共鳴，有此相同的感受，不是實心樂事！

# 抓住一個春天

文·念真　圖·霍鵬程

聯合副刊

# 春風不相識

朱西寧

# 胭脂井

高陽

# 好、格殺

朱羽

# 寫在「中國思想與制度論集」出版前

段昌國

出版者：聯經出版事業公司



# 人在天涯

瓊瑤

九、

目次 CONTENTS

# 抓住一個春天

鬧鐘哇啦哇啦地響了，我彷彿從另一個美好而舒適的世界裡雲遊歸來，可是眼皮就是睜不開。

「小弟，起來啦，還睡！」大哥在鄰床用那種自稱很Sexy的聲音吼開。

「起來個屁，禮拜天！」我翻個身，上帝創造世界第七天也要休息！」

「你個頭，等下媽來你不起來事小，我挨罵事可大了！」

真的，哥們總不能互相殘殺，說起來老哥也怪可憐的，自從媽不知從那裡學來那套自認極端有效的「最新教育法」之後，老哥就變成了「代」罪羔羊，沒事被殺著玩的雞：口口聲聲「人為刀俎，我為魚肉」。

其實我早知道媽罵他的真正目標是我，只是為了配合媽「故意」以為我不知道，然後讓我「自己去想」的程序而裝傻罷了。那種所謂的「間接」教育真比「直接」教育來得「直接」多了。子女教育法應該由我們這些子女自己來編。

「甭坐在那兒裝死，對了，告訴你一個快速甦醒法，我從讀者文摘裡頭看到的，很有效！」

「得了，我累的半死，如果還有那種閒功夫，我不會多睡一會兒。」

「怎麼，睡了五、六小時還不夠？人家愛迪生老兄一天才睡三、四小時哪，昨晚漏電啦？」

「去你的，大學生講話老是不乾不淨的！」我趕緊掀開棉被，跳下床來，因為老媽的拖鞋聲已由廚房到了餐廳了。哇：「春寒料峭」，真的，還是相當冷的。穿褲子，老哥在一旁笑。媽開始上樓梯，穿上衣，媽到門口。

「媽！我起來了！」我大吼一聲，老哥又笑。

「吃早飯了。」媽滿意地說，拖鞋聲遠去，解除警報。

「哎，薄命的高三學生。」老哥說。看他舒舒服服地伸懶腰，冷眼旁觀，真羨慕。

「當老么最倒霉，」我說。穿上毛衣。媽親手織的，慈母手中線，遊子身上衣，下樓讓老媽高興一下。

「少來，全家讓你一個，噓寒問暖，做錯事有人代你挨罵，還不知足！」

「老哥，你不曉得，我一天到晚演三娘教子給你們看，可是總沒機會看另一個小子演『高三下學期』！」

「小弟，你以為我們很喜歡看嗎？其實說，老哥是亂心疼的！」

「你少肉麻當有趣！」

「小弟，我是說真的，全家只有我了解你！」

「謝啦，乾杯！」我端起空的咖啡杯子。「他每天早上都要喝××咖啡……」

「你電視看多了！」老哥坐起來點菸。

「發誓，」我舉起右手：「我那有時間看？」

「快下去，等一會女高音復起，我看你又要頭破血流了！」

「吸，讓我『薰』一口怎麼樣？」看他抽菸真蠻有意思的樣子。

「少來，等考上大學以後再說！」

「老哥，問你一句話！」我說。

「說吧，小子。」老哥彈了彈菸灰，動作蠻性格的。

「是不是考上大學以後什麼事都可以幹！」

「對，不對，」老哥說：「會槍斃的事情不能幹！」

大學生講話永遠像演戲。

「媽，小弟賴床！」二姊在門口叫。她是唯恐天下不亂之類的，天下唯小人與女子難養。

我把門打開，做了一個很性格的微笑。

「賴你個頭，」我說：「你能不能留一個面子給我？」

「你這種人是不罵不成器！」二姊說。她始終是自以為很了不起的，很「成器」的人。不過這也難怪，從小念的都是「一流」學校，沒有補習就考上第一志願。想到這裡，我覺得我們家裡的人彷彿都不太對勁，當然包括她。比如說別人家是「嚴父慈母」，我家是「嚴母慈父」，而大姊，二姊這種女流之輩卻一個念化工，一個電機系；而寶貝老哥嘛，堂堂七尺之軀偏去念那種娘娘腔的教育系。要命！麻子常說我們家裡的人都有神經病，我想有一點道理。

「一天到晚迷迷糊糊的，還不快去刷牙，什麼事都要人家叫，自己也不想想幾歲了，我看你是不見棺材不流淚！」二姊說。

我把浴室的門關起來。女孩子的嘴是鋼打的，男孩子的嘴是馬桶做的——這是我們物理老師說的，真的，很有道理，一個是永遠說不累，一個是又臭又髒。

「老姊，」我把門打開，一邊擠牙膏，利用時間，忙裡偷閒。

「幹嘛！」二姊正在梳頭，理工的，很有數學概念，67，68，69……要梳一百下呢。

「不是我捧妳，真的。」我說。

「怎麼，有什麼好話是嗎？」71，72，73……

「妳今天穿的夠騷的，」我說：「是不是挨『拔』去了？」

順手把門鎖上，唱歌，大聲地唱；「怒髮衝冠憑欄處……」外頭鬼哭神號，山崩地裂，我對鏡子做個鬼臉，媽的，鬍子又長了，唉，老了。

太陽照到了餐廳的窗子，天藍得發亮，所謂碧空如洗是也。媽把落地窗呼啦呼啦地，全部推開，窗台上那幾盆花正在媽的利爪下受罪，媽的動作就像小時候替我洗頭一樣，連撕帶抓的。

「嘿，要開花了哪，老頭子，要開花了哪！」媽大叫大嚷的。

「怎麼，自摸啦？」爸正徜徉在社論裡頭，只有像老爸那種怪人才看社論。

「菊花，要開了哪！」媽把整盆花從窗台上搬進來。

「看到了！」爸說著把手一揮，媽又抱出去。其實媽曉得，我也曉得，爸連瞧都沒瞧一眼。

「爸！」我說。

「嗯！」

「你亂沒靈性的！」

「什麼？」爸把報紙一丟，握著拳頭跳過來：「你敢批評我？」

爸雖然老了，胖了，可是動作倒還很靈巧，大概是當兵當久了的關係，你想想，從二等兵幹到上校退伍要多久？二十多年哪！

「不敢，爸，」我縮著脖子喝牛奶，爸喜歡抓脖子，五爪神功。

「老么，我看你吃到什麼時候，」媽在陽台上說，唯恐天下不知的樣子。「現在幾點啦，補習來得及嗎？哎，自己也要想想，那麼大的一個人了，總不要媽一天到晚惦記著，媽會累！」

「老么，」爸低聲說：「快吃，快上課去！」

二姊下來，老哥也下來，個個神采飛揚，星期天，約會天，對大學生來說。

「爸早，媽早！」二姊。

「媽早，爸早！」大哥，奉承派的。

「還早哪？」媽頭也不回地說。

「好棒的天氣！」二姊說：「春眠不覺曉，處處聞啼鳥！」

「得體，得體，」爸說：「老么，下面呢？」

「夜來麻將聲，不知誰贏了！」我說，良機不再，沒有幽默感的人只不過是個行屍走肉而已。

「老么！」媽大吼一聲。

「叛逆，叛逆呀！」二姊說。

老哥在桌下踢我一腳，爸搖搖頭「六宮粉黛無顏色」地笑了一笑。神經病家庭，真的，男人女性化，女人男性化，甚至菊花也在春天開。

講義、課本、筆記、紅筆、藍筆、車票、眼鏡，都有了，錢，沒有。

「老么，八點了！」高八度的花腔女高音。

「來了！」我說。媽的弱點是不論她多生氣，多急，只要答她一聲，代表你在聽她的話，她就會心滿意足自動熄火。

這是爸二、三十年來的臨床經驗，不過真的很靈，屢試不爽。

「中午回不回來吃飯，你們。」媽說。

「不回來！」三個都說。

「老么要回來！」媽瞪著我。

「得了，那麼遠浪費時間，在外面吃飯好了，找個同學聊聊也好，學學人家念書的態度！」爸說。這就是常使我感激得痛哭流涕的父親。生我者母親，知我者父親。

「你不怕他去找個女同學聯絡感情？爸！」二姊滿嘴圈牛奶漬，可是就不放棄說話的機會。

「老三，你不要講話好嗎？」老哥路見不平，拔刀相助，皺著眉說，好老哥。

「有錢嗎？」爸一邊說一邊掏口袋，意思是：孩子，我一定給你，不論你有沒有。

「沒有！」

「拿去，不要亂花！」爸快速扔過來，我趕忙接住。

「拿多少？」媽說。

「五十塊吧！」爸說，善良的爸，兩百元哪！

「媽，我走了！」我打開門：「老哥，have a good time！」

「謝啦！」

「二姊！」

「幹嘛！什麼遺言？」

「妳的腿越來越粗了，少吃一點！」我說。關上門，裡頭一定火山爆發可是不會影響到我，因為爸嚴格規定過，兄弟姊妹吵架只能在屋內，所謂家醜不可外揚也！樓梯口是非軍事區。

我數著樓梯下來，越想越不甘心，這就是高三學生的beautiful sunday的早晨，鬼喔！

樓梯下也有人在推腳踏車，二樓的三千金，高三的可憐蟲。

「嗨！」我說，太熟了，否則我真不會去和女孩子打招呼，非不為也，不敢也。

「嗨！」她抬頭看看我；眼圈發黑，八成又是一個愛迪生。「上課去？」

「對，」我說：「上課去？」

「對！」

老套。同一個補習班上了個把學期了還問。

天氣真棒透了。安全島上那些樹剛長出芽來，嫩綠的一遍，看起來真令人興奮想飛，何況身旁還有女孩子並轡而行，我真的以為在演文藝片。

「哇，吹面不寒楊柳風！」她說。又是一個頗有「文學」素養的。

「真的很舒服！」

「喂，你早上都起不來是不是？」她笑著問。

「沒有哇，誰說的！」

「那怎麼每天早上都聽到你媽在那兒嘀嘀咕咕的！」她說，我注意到她握車把的手，可憐，骨瘦如柴哪！

「女人嘛，總是囉嗦！」我說。

「少噁！」她說：「其實，我有時候也累的起不來！」

「用功過度嘛！」我說。仁愛路四段，最美的路，而且有一個坦白的女孩子在招供，哇，美麗的星期天。

「其實說，我真的一點把握也沒有！」她偏著頭說：「你呢？」

「甭提，」我說，「我有時候覺得自己念得好多好多了，可是就不知道別人念的怎麼樣，想來想去很害怕！」

「我也是。」她說：「對了，你家不是全上大學了嗎？你怕什麼！自備家教。」

「算了。」紅燈，停車。「老姊三棒子打不出一個屁來，老哥社會組的，數學比我還破，二姊嘛，自己有自己的節目，只要不扯我後腿就行了！」

「電機系那個？」她問。

「是啊，沒事幹專找我麻煩，還會教我！」

「我好多同學也這樣，哥哥姊姊去別人那兒當家教，而自己在家裡摸！」

「是啊，我有時真搞不懂！」我說。

一些國中的小毛頭穿得花花綠綠的又笑又叫地走過，郊遊去的樣子，旅行袋露出烤肉的鐵絲網。

「我很羨慕他們！」她說。

「算了，三、四年後還不是和我們一樣，受苦受難！」

綠燈。等她起步趕上來。

「嘿，你有沒想過，考不上怎麼辦？」她說。

「當然想過，男孩子要當兵哪！」我說：「女孩子倒沒關係！」

「不對，」她搖搖頭，皺著眉說：「我大姐考了一年沒上就不考了，結果找不到工作，一天到晚待在家裡怨天尤人的，我真害怕我也會這樣，你知道，高中非學歷哪！」

「結婚去嘛！」我笑著說：「長期飯票！」

「德性！」

「真的，」我說：「男孩子才糟，當兩、三年兵一下來，什麼都忘了，再念也不容易了！」

「那不要去嘛！」她滿臉真誠地說。

「妳開什麼玩笑，當兵又不是看電影！」

「可是好多人沒去當兵哪！」

「身體有病吧！」

「那你不會去弄個病。」她說。女人不足以論大事。

「少來！」

「其實，我有時也想過，就是念大學也是一樣，還不是念一堆書，念一念，又要幹什麼？」

「我也想過，可是我老哥叫我不要想那麼多，走一步算一步，千千萬萬的高中生在準備考大學，我們也是高中生，我們也要去考！」

「我們都是高級盲從！」

「早哪，高級，」我說：「我們是明知山有虎偏向虎山行！」

「喂，你知不知道那些念大學，就如你哥哥姊姊，他們想的下一步是什麼？」

「多哪，」我說：「比如說，今天禮拜天，他們想說，今天和誰約會去啦，到何方逍遙去？」

「少噁！」她笑著說。

補習班門口永遠像廢車場，十飛三飛，新的舊的搞的滿走廊。一堆寶又在樓下排排坐，男孩子藉口多，等同學，天知道，到底是看女孩子。不過我很喜歡看到他們，這是真的，和他們講話比和家裡的人扯要爽多了。而且大家有默契，比如說他們明明看到我和女孩子一道來，想起鬨，可是就不會當著女孩子的面，修養夠好的，一等她像病貓一樣爬上樓去，才開始口不留德地你一句我一句。

「媽呀，我們真要自殺了，」「不錯，秀外慧中有氣質！」「介紹介紹嗎！」

「你媽個頭，天天喊累，原來泡妞兒去了，怎樣，上不上道？」

「停！」我說：「諸位老兄不要誤會。」

「少來，男子漢敢做敢當！」

「媽的，只不過同路而已，她住在我家樓下，碰巧一道來而已，不要想入非非好不好！」我說。

「對呀，這才是近水樓台先得月！」「省得問地址嘛！」「對，聯絡方便！」

「鬼喔，老夫家教嚴格，連機會也沒有。」

「相信你！」班頭說，我很佩服他，適可而止：「考上大學以後再說。」

「嗯，這才是人話！」我取下書包說：「今天什麼課？」

「英英數數化化物物！」

「內容豐富，」我說：「上去吧！」

「Good morning, ladies and gentlemen！」英文老師說，全班譁然，我笑著摸摸下巴，鬍子又忘了刮，扎手。

英文課大家喜歡，不是喜歡英文，而是喜歡老師，詼諧，可是有深度，上他的課一點不累，這是補習班老師的特長。

「今天真是好天氣，郊遊的天氣！」

「對！對！」一堆病貓精神都來了。

「看哪，陽明春曉，櫻花怒放，鷺鷥潭春水初暖，坪林正洋溢著青春的歡笑，而三月陽春，和風煦日，大地一遍蓬勃，」他比手畫腳，出口成章，散文一篇，佩服！痲子拍拍我的腿咧著嘴笑：「要得！」

「而諸位卻委身屈就於課堂之中，棄美好世界於不顧，呆在那兒看老師唱獨角戲，說來實在可憐，令人不由得一掬同情之淚！」

「是嘛，是嘛！」全班再度掀起高潮，甚至有人鼓掌。

「可是，諸位要猛回頭地想想看，」他停了一下，走起台步，忽然轉身抑揚頓挫地說：「春天到了，聯考還會遠嗎！」

全體病貓哇的一聲，再度回到現實，痲子說：「這傢伙真會濫用名言……」

「諸位，你們都是一流學府的一流學生，都有登峰造極，爐火純青的功夫！」他說，一本正經地，我不得不正襟危坐起來：「而你們也都知道，臺大傅園的杜鵑比陽明山的還要鮮豔，還要漂亮，明年春天，當各位擁著美麗可愛的女朋友，在臺大校園欣賞滿園春色之際，你們會深深覺得，雖然損失了一個春天，卻得到了永恆的春天！」

病貓再度精神振奮，叫好連天。痲子說：「他一定念過群眾心理學，幹議員一定很棒！」

「報告！」有人舉手。

「什麼事？」

「請問老師，清華大學有沒有杜鵑花？」一個傻頭正經地問。

「我不太清楚，有什麼意見嗎？」老師莫名其妙地反問他。

「沒有啦，我第一志願想填清大，可是怕損失一個春天之後，還要損失了永恆的春天！」傻頭說完一本正經地坐下，整個課堂如原子彈爆炸，天翻地覆，敲桌子，拍手吹口哨，趁機發洩。

「我亂佩服這種語不驚人誓不休的烈士！」麻子說，我也同意，不過我真搞不懂那小子是真傻還是裝傻。

「OK, now，言歸正傳，翻開講義第五十四頁，副詞與形容詞……」老師笑臉盡失。

麻子跟我做個鬼臉說：「喜劇演完了，現在悲劇上台。」

中午，一堆人又聚在一塊，休息一小時哪，不長不短的，而且又昏昏沉沉地扯不出一點名堂來。

「翹課怎麼樣？」痲子忽然說。平地一聲雷，精神全來了。

「生平沒幹過那種事！」班頭連頭都不抬。

「半天又有什麼關係，魁漢，你呢？」

「無可無不可，」魁漢也無精打采的。

「你媽的怎麼嘛？」

「下午什麼課？」

「化化物物！」

「我沒意見！」我說。真的，物理化學還有一點心得。

「到那兒去？」班頭抬起頭說。

「想想看。」

「陽明山，去抓住最後一個春天！」魁漢說。

「媽的要死啦！」

「老師說的嘛！」

「也可以，散散心，儲備明天的幹勁。」我說。這種天氣，真的要命，好得真想出去跑跑。

「班頭，如何？」

「也罷，捨命陪君子！」他懶洋洋地站起來。

「夠義氣！」

我不知怎地想到了樓下的三千金，想到那副可憐的樣子，似乎也該去走走。

「我去找那個女孩子一起去！」我其實是心直口快，半點念頭也沒有。

「過分！」班頭說：「幹嘛！約會去？得了，得了！」

「不是，」我說：「我看她也是需要去散散心那一類的可憐蟲。」

「班頭，你開通一點好不好，你高三，人家也高三，你緊張人家也緊張哪，散散心，聊聊天又沒什麼大不了的事。」麻子說。

「對嘛！班頭，你自己心存不正，帶有色眼鏡，就和訓導主任一樣沒見識！」

「去吧，去吧，要死大家一起死！」班頭說。

「小子快去，」痲子似乎血壓升高，攀肩搭背地說：「為了不使她太勞累的關係，有辦法叫她多找幾個！」

「痲子，你真心存不正了！」我說。

「唉，難得好天氣！」痲子說。

「嗨！」我說。

那可憐的病貓正趴在欄杆上晒太陽，也是一副半死不活的樣子。

「幹嘛？」

「敢不敢翹課？」

「幹嘛？」一副世界末日的樣子。

「妳早上不是說『吹面不寒楊柳風』嗎?要不要去享受享受?」我說。

「神經,難怪你媽要罵你!」

「我跟妳講真的,去山上跑一跑舒服一點,埋在這兒真會死掉,何況妳我都是乖孩子,又不是像別人一天到晚亂跑的。」

「少噁,」她說。迷湯之下信心動搖。「可是下午有課!」「什麼課?」

「地地歷歷!」

「那有什麼好上的,自己念還不是一樣,老師又不會重寫歷史,身體要緊,花半天功夫換幾天精神,划算啦,自己身體要自己照顧!」

「去那個山?」她說。看吧,人同此心心同此理,這叫做垂死前的掙扎。

「陽明山,地靈人傑。」

「什麼時候走?」她說。回過頭開步走。

「現在,快去整理一下,門口見,對啦,多找幾隻病貓,救人一命勝造七級浮屠！」我說。

「好吧！」她急忙進教室去。

「如何？」樓梯口大夥緊張兮兮地如臨大敵。

「成了！」我說。

「喲呵！」魁漢沉不住氣地叫了出來：「看吧，同病相憐！」

「你們上道一點好吧！」班頭說：「大家不要不乾不淨，扯進感情糾紛，我告訴你們，純散心，非郊遊，別忘了高三下哪，考大學要緊。」

「班頭，」麻子欲哭無淚地說：「你別自以為是紐曼保羅好不好，一個下午就會扯上感情糾紛，我看你自己要上道一點！」

「是嘛！是嘛！」魁漢說。

「是你個頭！」班頭惱羞成怒推他一把，大夥兒呼嘯下樓，別了補習班，別了課本，哈哈，春天。

「春天不是讀書天！」魁漢拉著車子如泣如訴地說。

我在想要是校長看到這一群叛逆不知道會不會暈倒。九個傻頭，五女四男，離聯考僅有一百多天，嬉皮笑臉遊山玩水。

陽明山頂遊人洶湧，為了表示清白起見，九個人前後相距將近十八公尺。

「好風景！」魁漢呆頭呆腦的說。

「看那些花衣服，那些笑容就值回票價了，」麻子說：「真是春城無處不飛花！」

「補習班就沒有！」班頭說。

「對，高三教室也沒有！」

「高三學生都是殯儀館那堆！」

「你媽，吉利一點好嗎？」

「對，你應該說高三學生都是大學預科，臺大先修班！」

「烏托邦！」班頭說：「一群不知死活的人的心理自衛！」

「快樂一點嘛！」麻子說：「既來之，則樂之。」

紅花綠樹，空氣清醇，吸一口氣就像喝一百杯咖啡，吃一千粒克補，全身細胞都活過來，太舒服了。

「嘿，你們不要走那麼快好嗎？」三千金在後頭呻吟。

「該死，我們，」魁漢說：「後面還有人哪！」

找一個地方休息休息。

「到辛亥光復樓去如何！」班頭說：「喝咖啡去！」

「咖啡？媽的，我打死你！」麻子代我發難。

「拒絕進入屋內，」一個女孩說，眼鏡夠水準，臉色蒼白，高三的，一看即知：「我好久沒好好晒一晒了！」

「不要晒，晒紅了，回去包被逮！」三千金說。

「才不哪，我媽知道我到外面去走過，她一定很高興！」她說。

「好媽媽！」四個男孩異口同聲，默契夠棒的。

「我看我要認你媽媽當乾媽了！」魁漢說。

大家都開懷大笑，笑得路上那些人都回過頭來，我真的羨慕那些人，年紀和我們差不多，可是他們就沒有聯考的威脅。大學，大學。

「嘿，你說，如果我們和她們一樣沒有聯考威脅，多棒！」另一個女孩說：「自由自在的！」

「可是他們卻羨慕我們還能念書，還能錢來伸手，飯來張口。」

「人都是身在福中不知福！」

「對了，你們有沒有想過，念大學與沒念大學有什麼不同？」

「有啊，起碼念完大學想看什麼書抓起來即可看得懂！」

「那倒不一定，你的意思是外文的書？」

「對呀！」

「那如果念國文系，或者其他外文少的呢？」

「起碼可以具備了更深入地去探討某種學問的能力！」

「那不同又在何方？賺錢的人專講究賺錢，我們說他們沒靈性，沒有精神生活，可是我念丁組，如果考上商學院那還不是講究賺錢，那有何不同？」

「對，更何況書念多了也不一定賺更多錢，」魁漢說：「人家王永慶不一定要念大學，可是他公司有多少大學畢業的，甚至碩士博士！」

「話不能這樣講，」班頭說：「念大學的目的無論如何爭辯也辯不出個名堂來，因為我覺得世界上矛盾的事情太多了，比如有人說學歷無用，要實力，又有人鼓勵我們說要向王雲五先生一樣自學苦讀，可是每年就有幾萬人往大學的門衝，所以我的觀念是既然念了書就好好念，能考上沒什麼，不考上也沒什麼，反正粥少僧多，只要人能在自己喜歡的工作上發揮，那念大學與不念大學有什麼兩樣，一個在圍牆裡念，一個在圍牆外念而已！」

「班頭，那你的意思是你是烈士派的，能上則去，不上則棄？」

「可以這麼說，」班頭躺下來：「我志願只填自己喜歡的，父母無法干涉，因為叫我去念我不喜歡的東西，那不如不念，用那四年可以搞一些經驗和樂趣出來！」

「我倒沒想那麼多！」三千金說。

「我也是，」我說：「真的，我還搞不懂，不過如果搞懂了，萬一走火入魔連書都不去碰一下那不是死了，因為我知道我家人啦，親戚啦，老師啦，一定不喜歡我在圍牆外邊念，沒面子，就是念得比別人多也沒人曉得，因為連文憑都沒有！」

「同感！」

「可憐，你們！」麻子說：「死都不知道為什麼死。」

「停！」班頭說：「不談這些東西，好好休息，難得浮生半日閒，晒晒太陽也好，魁漢，不要擋住我的陽光！」

「是，哲學家。」

大家都沉默了，九個人九個軀體九個理想一個目標，有意思。

「嘿！我想到了，」麻子說：「考大學就像我們打籃球，贏了的贏了，輸了的輸了，等洗好澡穿好衣服，大家都一樣，不一樣的只是贏了的人會記得他們贏了一場，輸了的人也記得他們輸了一場，但是下一場就不知道誰輸誰贏了！」

「那你所指的『下一場』是那一方面的。」那個蒼白的四眼女孩說。

「停！」班頭說：「我們沒資格談這些啦，讓大人去談吧，大家晒晒太陽，就把他當作我們現在是球賽前的熱身運動，搞不好等下比賽取消，連輸贏都分不出哪！」

「對，不談這個！」

「可憐，我媽只知道我不念書會死，可是就不知道我沒光合作用也會死！」

魁漢說著，女孩子都笑起來。

「去去，你以為你是什麼？仙人掌？」

「非也，我好像是大海中浮萍一片……」魁漢唱著。

花鐘指向三點，陽明山的太陽真好，真想待著不走了，沒有課本，沒有教室，補習班，只有藍色的天和一群臉上滿是笑容的人。

「喂，你二姊！」三千金拍拍我指著前面。

「小子，真的，你媽的死定了！」麻子幸災樂禍地說。

二姊一眼便瞧著我了，大概是為了家醜不可外揚的關係，把她身邊那個穿得很土的可憐蟲塞到一邊，半走半跑地過來，臉上的表情真比死了兒子的寡婦還難看，我這下子真的死定了。

「老么，你來！」她站在前方不可一世的樣子。

「幹嘛？」我硬著頭皮過去。

「你還好意思問我幹嘛，你補習補到這兒來啦！」她從我右肩望了望後頭說：「還帶女孩子，你找死呀！」

「老姊，妳別緊張好不好，我們只是來散散心罷了！」

「你要聯考了知不知道？」

「廢話，就是為了聯考，拼得快要死了，所以才偷來半天到這兒換換氣，晒晒太陽光合作用罷了！」

「你還嘻皮笑臉的，我看那有大學丟在地上讓你撿！」二姊說。

「考大學並不是拼老命呀，大學誠可貴，生命價更高，二姊，留得青山在那怕沒柴燒！」

「好，回去我看你還會不會吟詩作對！」二姊說，轉身走了。

「二姊！」我叫著。

「幹嘛？懺悔啊？」她樂乎乎的樣子。

「妳男朋友真土！」我不知從那裡來的靈感。

「你真的不見棺材不掉淚！」

去吧，妳可以享受春天，我也可以。

「你二姊說什麼？」麻子問。

「她說散散心是應該的，真正的健康是身心兩方面的平衡。」

「難怪她考上電機系。」三千金說：「三民主義好熟！」

黃昏的歸程，車子踩起來有勁多了。

「喂，我真的舒服多了，也有精神多了！」三千金滿臉通紅。

「我也是。」嘴裡說的是一回事，心裡想的是一回事。說真的，二姊在家裡不知把事情渲染成什麼樣子了，老媽大概已經灌足了枇杷膏準備發揮，老爸一定失望的躺在沙發上喘氣。不過話說回來也相當值得的，過濾過的神經輕鬆的很，雖死無憾。

「喂，你第一志願填什麼？」她偏過頭問。

「還沒決定，」我說：「八成隨波逐流！」

「從小學開始不是就作文說我將來要做個什麼家什麼家嗎？」

「對呀，我要做個幻想家！」我說。

「說正經的！」她說。

「不曉得，說正經的，」我回過頭說：「妳呢？」

「外文系。」

「這又是什麼家？」

「回家！」

她把車子踩的飛快，黃昏倒又涼起來了，「又是乍暖還寒時」。真太詩情畫意了。

我慢慢地鎖車子，爬樓梯，拖延時間，準備長期抗戰。

「喂，你累了是不是？」三千金說。

「沒有啊！」

「我晚上還要趕一堆講義呢！」她說：「你晚上用什麼提神。」

「咖啡，有時吃克補，不過後者是我媽的主意，妳呢？」

「茶，濃茶加檸檬，」她說：「我姊姊的主意。」

「妳知不知道放榜以後，如果萬一不幸考上了，我第一件事情要幹什麼？」

「我不曉得，不過我第一件事情一定把教科書、參考書全部燒掉！」她一本正經地說，咬牙切齒地。

「喲，咱們心有靈犀一點通，來，握手！」

「少噁！」她打開門，只開了一小縫，手往後揮了幾下一閃即逝。

我提著書包上樓，裝出一臉不在乎的樣子。

「回來啦！」媽說：「累了吧，快洗澡去！」

好傢伙，「累了吧」這可是連諷帶刺的「教育法」之一，大概磨好刀，準備痛宰了，不過看她的臉並沒一點慍色。媽不是好演員，她裝不出來的。

「媽，二姊回來了嗎？」試探軍情。

「喲，什麼時候也學著關心起別人來啦，早回來了，」她說：「快洗澡去吧，今天天氣好，暖洋洋的。」

我實在搞不懂，管他的，上樓再講。

「老么，晚上想吃什麼菜？」媽在下面說。

「紅燒克補，清燉咖啡！」

「老么！」媽大聲地說：「你怎麼啦！」

「青菜！媽。」

「你什麼時候能長大！」媽嘀嘀咕咕的。

我實在想不通，西線無戰事，安全上一壘。

「老么！」二姊站在那兒，重新換了衣服，一身鵝黃，蠻有青春氣息的，念大學的人真舒服，有朝氣。

「幹嘛，定坐看戲？免費招待！」我說著把書包丟進房裡，老哥在裡頭叫我。

「老么，聽說你今天翹課！」

「對！」

「蠻有勇氣的嘛！」老哥說：「不愧是我弟弟！」

「少來！」

二姊也進來，三堂會審眼見就要開始。

「我沒告訴媽！」二姊說，一大施捨。意外。

「老么，念書是自己的事不是別人的事，」老哥說：「我知道，你很累，可是千萬撐下去，不能放鬆。」

「其實我也曾和你一樣，有一段日子真受不了，」二姊說：「可是我還是撐下去了。」

「老么，說真的，現在跟你說你也許會懷疑，但念大學是有它一份意義和收穫的。」

老哥說著從書包上拍下一些草屑，也拍落了陽明山的和風煦日。

「我曉得，」我說：「其實我也想念，因為已經走了十二年漫長的路了，再走四年又何妨？今天我不過是受不了這種天氣的召喚，而去散散心罷了，你們又何必那麼緊張？」

「那怎麼帶女孩子去！」二姊說。不上道。

「老姊，她們也和我們一樣，只是散散心罷了，」我說：「二位放心，我還清醒得很哪！」

「聯考病！」老哥說：「原諒你！」

大事化無。說來家庭還蠻溫暖的，春蘭秋桂常飄香。

「老么，我男朋友如何？」二姊說。

「同班的？」

「不是，土木工程的！」一副志得意滿的樣子，那小子不知道怎麼挑的。

「臺灣的亞蘭德倫！」我說。真想笑，土木工程，難怪，土裡土氣一點靈性也沒有，不過配二姊綽綽有餘。

「謝啦！」她轉身出去，風度絕佳，我噓了一口氣。

「你看過她的他了？」老哥問。

「看過了！」我躺下床來。

「比起我怎麼樣？」

「媽呀，差了一大截，又土又寶，」我說：「老哥不是我捧你的，你亂性格的，尤其是抽菸的時候！」

「謝啦，要不要來一支品嘗品嘗！」老哥樂昏了，大學生還是很容易上當的。

夜涼如水，洗完澡遍體舒暢，春天真是讀書天。

「老哥，你說，念了大學是不是很多事情都可以幹！」我問。

「廢話！」老哥躺在床上說：「上大學就是長大了。」

「好，大學大學我和你勢不兩立了！」

「怎麼，破釜沉舟哪，有志氣！」

「不錯，我撈到了一個春天，還要擁有永恆的春天。」我自言自語的說。

「啥？」

「我說，我鬍子亂扎手的！」

「鬼喔！」

美麗的春天，美麗的星期天。明天不知是怎麼樣的春天哪！

一九七六年三月十五日　刊於《聯合副刊》

# 哥哥捕魚去

難得基隆也有不下雨的天。灰濛濛的空氣裡甚至還有碎碎的夕陽。魯濟把菸頭扔進明德橋下那層緩緩拍擊著橋墩的垃圾和浮油上時，小仲正好也從客運大廈那邊晃過來。雙手插在褲袋上，斜紋布的旅行袋沉沉地吊在肩頭。長髮隨著微微的晚風飄盼飄地；襯托著空闊的港面和碼頭，竟顯得那麼瘦削而無助，低著頭，拖著步子就這麼走來。

「小仲！」魯濟喊了一聲便迎過去，把那個大旅行袋拿下來說：「媽呀，妳帶了什麼寶來？骨灰罐子？嗯。」

「等下告訴你好嗎？」她抬著頭看著魯濟說。眼光淒迷的令人不忍。

「嘿，妳不要這樣看我行嗎？」魯濟在她鼻子上刮了一下說：「笑著說話，基隆今天不下雨哪！」

小仲看看他，真的就笑了，淒淒楚楚的。出門時媽還交代過，不要愁眉苦臉地讓魯濟難過。他只是天生一副樂哈哈的樣子罷了——其實，他捨得離開基隆，離開妳嗎？可是自己總這麼不爭氣，只要眼前有他那副吊兒郎當的樣子，鼻頭就酸了。

魯濟把旅行袋提起來，往肩頭一甩，便擁著她走著，手指習慣地在她右肩上打拍子。小仲心裡想，這或許便會是最長的一拍了，全休止兩年，甚至更多，才能再聞到他身上那股洗衣粉的香味，再聽到他毫無忌憚的笑聲，或是也顧不著她踉蹌欲倒的猛然的擁抱。離別的傷感是，做什麼事便覺得又溜去了一次。

「妳們那堆小鬼頭呢？」魯濟說：「不是要來嗎？」

「魯濟，我不要她們來了，」小仲說：「我什麼人都不要她來。」怕嗎？是真的怕，怕那種強忍離愁的歡樂。就像那回他要去服役，一唯人在金馬車窩著，調笑著他倆。可是別人笑完了還有自己的夢，局中人呢？笑完了益形淒清而已。

「看，小女孩吃醋啦，」魯濟說：「她們說好要請我的，妳曉得，要再多久才能又去廟口大幹一場！」

小仲把手從他腰際滑下來，又插在口袋中低著頭走著。牛仔褲的下襬在地上拖著，風飄動黃色的絲巾，飄動著一頭長髮，也飄動著寬寬的罩衫。

「小仲，妳說，」魯濟停下來看著她：「妳是不是回去換了衣服了？」

「才不。」

「那怎麼那麼巧合，穿這件上衣來？」魯濟說：「以後不要常穿，人家看了笑話！」

「好嘛！」她輕輕地說。

小仲或許忘了，因為她總是常忘了她做過什麼令人心軟的事；但魯濟卻忘不了，一個純潔的女孩曾給他帶來什麼感受。那本來是一件米黃色的素面罩衫，有一回她穿著到他家去，魯濟正在畫畫，開玩笑地跟她說：「顏色太單調了，要不要來幾筆？」沒想到她就那麼坦率地當著他的面把它脫下來說：「畫好看一點的……」魯濟傻傻地看了看她那真摯而用心的面孔，倒覺得自己是多麼齷齪；於是兩個人就趴在地板上畫起來。魯濟用很新潮的線條畫上了Je t'Aime幾個字。

「這什麼意思？」她拿起來看了看說。

「不曉得，」魯濟紅著臉看了看她只穿著內衣單薄而白皙的上身說：「唱片上看來的，是『愛』吧？」

「喔，」她穿好一邊往浴室跑去找鏡子一邊說：「魯濟，你真天才呢！」

美好的記憶總是難磨滅的。那多久前的事？四年了吧，就在他當兵前的一兩個月；可是魯濟就始終記得她坦率而毫無顧忌的把衣服脫下來的那一剎，純美的，足以使一個男孩刻骨銘心而卻毫無邪念的。

「你的船在那兒？」她回過頭看著他，搜尋著港面。

「傻蛋，還是老基隆呢，漁船怎麼會在這兒？」

「我只想看看他到底是什麼樣子罷了，」她說：「你會不會待得慣？」

「嘿，妳不是常跟我嘮叨什麼能忍自安，知足常樂嗎？」

「你不要專在那兒找話哄我，魯濟，」她站在那兒，眼眶就紅起來了：「我曉得你也不好過，你只不過在演戲罷了！」

魯濟看看她，在她臉上抹了一把說：「好吧，小鬼，我們坐下來！」

拖船的汽笛沉沉地悶響了一聲鼓起一道浪往港中開去，岸邊那艘遊艇隨著水面浮沉著，艇上的外國人端著咖啡杯跟他們招招手，魯濟也笑著跟他打招呼；修長的桅杆上那些三角旗隨著微風招搖，港濱的黃昏倒是很寧靜的。

那年他要服役去的一個晚上，兩個人也曾在這兒坐著，什麼話也沒說，直到船上的燈逐漸亮了，又逐漸熄了，才相擁著回去。不過，那時知道總還會見面的，只是捨不得乍離罷了。而現在呢？明朝漁船的槳葉鼓起一道白浪之後，總得要兩年，甚至更長的時間，鐵錨才能重沾基隆的港水。金門一年回防下船的時候岸邊都是震耳欲聾的腳步聲，人總珍惜重回舊土的那一步，那種激動與滿足有誰知道？而往後回來呢？不一腳踏沉碼頭的基石？

「阿姨有沒說什麼？」小仲低著頭問。鞋在地上毫無目的地刮著。

「沒有，只是叫我自己照顧自己什麼的罷了，反正，唉，小仲，」魯濟輕輕地摟著她說：「我們不要談她好嗎？多沒營養！」

「都準備好了嗎？」

「差不多了。」

「帶了些什麼？」

「公司規定的東西，稿紙、口琴，一堆妳的照片！」

「魯濟，能不能把這袋子東西也帶上去？」小仲拉著背帶說。

「這是什麼？小仲。」

「信封、手套、圍巾，還有一堆我們的照片。」

「怎麼這麼重？」

「信封重，都寫好地址了，寄的時候貼郵票就好了。」

「多少個？」

「七百三。」

「小仲，妳瘋了嗎？」魯濟把旅行袋打開，裡頭真的便是一疊一疊航空信封；整整齊齊地寫著她的地址，甚至連魯濟的名字也填在左上角。魯濟回過頭深深地痴痴地看看她說：「小呆瓜，妳搞多久了？」

「從你割完盲腸那天開始寫的，」小仲抬起頭真誠地說：「魯濟，我不想用打字機打，那你會看不出是我寫的字！」

「小仲，妳幾歲了還那麼傻？船在海中，我那寄去？」魯濟說：「寫這些妳不累嗎？」

「你才傻呢，魯濟，你想想看，你寫一封信倒要幾個字，」小仲苦笑著：「反正你每天一有空就寫，泊了船你才一起寄好了；那我才知道你那天事情多，那天事情少，那天心情壞，那天心情好。」

「好吧，白痴，每天我都給妳搞一堆魚腥在信紙上，看妳嘔不嘔，」魯濟說：「可是，小仲，萬一船幾個月不靠岸，而且不幸要沉了，我還得去找個桶子把那堆信裝起來，讓他票回基隆，這不太累了？」

「魯濟，要上船了不要開玩笑好嗎？」小仲說：「你就會自己找碴子笑，也不管旁的人。」

那一年夏天第一次和魯濟認識時，小仲也這麼說。

那時小仲剛到幼稚園做事，趁著休假到福隆露營去，到了營地一堆女孩子望著橘紅色的帳篷發呆，就不曉得如何把那龐然大物架起來。魯濟他們的營區剛好在旁邊；早來幾天吧，他已經晒得全身通紅了；他故意搬了塊石頭坐在林投樹下看著她們毫無頭緒的動作傻笑；小仲帶氣地跑過來說：「你就會找碴子笑，也不管旁的人！」

魯濟被罵得愣愣地站起來便去幫她們搭帳篷、搬營具，甚至還去找了石灰幫她們灑。可是總是一副玩世不恭的死樣子，粗言粗語地把那堆女孩當男孩子耍。

「媽的，營釘打斜一點不會嗎？力學怎麼念的。」

「拉，用力拉，小姐，用力一點好嗎？他媽的，這是妳的家不是我的家！」

「唉喔，我的媽呀，這是誰的瓶瓶罐罐，怎麼不帶架化粧臺來！」

半夜就寢時帳篷裡全是蚊子，小仲走出來的時候，魯濟站在遠遠的地方說：「嗨，大小姐，要不要蚊香？」小仲忽然覺得他真是又粗魯卻又細心的可愛；走回來的時候，一個正彈著吉他的男孩說：「滷雞，你真他媽的孝順到家了！」於是小仲的心裡頭便有了一個黑黑瘦瘦的，名叫「滷雞」的男孩的影子。

「小仲，」魯濟輕輕地說：「我走了，晚上找些事情做做知道嗎？去補習也好，不要光一天拖一天，愁眉苦臉的。我知道妳會很無聊的！」

「是嗎？」小仲說著，眼淚便滑下臉頰滴到魯濟放在她腿上的手。

「妳不哭好嗎？再哭我就不說話了，」魯濟掏出手帕給她：「那麼大了，高興也哭，不高興也哭，像妳那些小傢伙一樣。」

記得金門回來放外島假的時候，兩個人就在小仲的母親面前抱著，跳著，小仲哭的像淚人兒一樣，魯濟也顧不著她母親在一旁，就那麼盡情的吻她，直到魯濟抓著她的肩膀說：「好小子，妳別哭了行嗎？再哭我要被妳的眼淚撐飽了！」

小仲才揹著他，破涕為笑。

「我怎麼寄東西給你？」

「不用了，小仲，」他說：「留著我回來一齊給我，要我帶什麼東西回來嗎？」

「帶一隻中國的山東滷雞好了！」小仲勉強地笑著。

「不，帶一個混血兒回來，黃黃黑黑或黃黃白白的！」

「去，除了我，誰要你！」小仲說：「魯濟，你知道嗎？你是瘋子，我是傻子！」

「不，瘋子是妳！」魯濟說。

沒有戀愛過的男孩子是無法了解女孩子的心的，就如魯濟沒有遇到她以前，總不曾知道女孩子竟有那麼細膩的感情一樣。在魯濟的印象中，女孩似乎只是坐在桌前抓著麻將，抽菸喊「雙龍抱」而已。小仲呢，她是痴痴傻傻的，似乎生下來就注定得容納魯濟的那種粗中帶細的感情一樣。外島一年，她倒有二、三百封信。多得連輔導長都懶得問。

「怎麼，她愛妳，她等你回去，她買了一條褲子，或是那個小孩又把尿撒在褲子上了？」輔根導長把信扔給他的時候總這麼說：「山東大漢怎麼受得了那種半死不活的婆婆媽媽？怪事。」

可是，魯濟就喜歡那種近乎奢侈的細膩。信封裡常帶著一些只有她才想得出來的玩意！票（滷雞，龍宮的『傻瓜行大運』，笑死人了。）、入場券、一小撮長髮（昨天梳頭不知怎地掉了一些，嘿，魯濟你說，會不會有女的尤勃連納？）、手帕（信嗎？上面有眼淚哪，不是想你的而是被小鬼氣哭的。）、新衣的標籤（物價上漲，貴了一些，魯濟，你的牛仔褲我全搬來了，臺灣正流行，還有金邊眼鏡。）

就憑著這些雜雜碎碎，把魯濟的情感黏接得更牢，因為就在這些小東西上他聞到了她的存在。

初戀只是生命裡的一股細流，而小仲卻使它綿延不絕，沁人心扉。

「身上有錢嗎？」她問。

「就是沒有，我能跟妳要嗎？」魯濟說：「妳給的夠多了！」

「阿姨有沒說什麼？」小仲問：「關於錢。」

「沒有，」魯濟說：「我想她也知道，我是下了最大的決心去弄錢的！」

「如果人不為錢所困的話多好！」

「說妳傻妳又不高興，」魯濟說：「阿姨說的對，人的所有行為最高的目標便是錢，愛情，名譽而已，而後者有時是能用錢買的！」

魯濟知道阿姨並非惡意，只是現實罷了。真的，從來沒去想過有錢的人可以用少量的錢買斷一個人的理智，知識，體力，甚至自尊心。男孩子一服完兵役，那種錢來伸手，飯來張口的日子便遠了；何況，不能自立更是一種恥辱，只是自己所希望的阿姨並不贊成，「小濟，一天忙到晚拿那幾個錢什麼時候才能寬裕，我雖然不是你親生母親，可是就像我幫你父親一樣，你總也得幫我一下！」

真的，誰不想有錢，只是在魯濟的感覺上那種途徑是緩慢而且要有機遇的。金字塔總是由下往上砌的。

「小濟，跑一趟即收手好了，阿姨一個月要付五六千會錢哪！」

「兩年後，你還不過廿六、七，拿那些錢足夠做本了！」

有時，魯濟常夢見他下了船，拿了一大疊新臺幣跟阿姨說：「不要為我著想！我上船只是為妳罷了！」可是不敢，也不願意，自己總有一點良知，儘管只是繼母，可是畢竟她照顧過自己敬愛的父親，照顧過自己三餐飲食、生活起居，恩總是要報的。大哥做什麼別人不管，畢竟他是她親生的油瓶，自己呢，那不一樣，違了她的意，人家一定說：「這孩子連那點恩情都不懂！」

不是嗎？那回小仲的母親也說過，「生母請一邊，養母恩情大比天！」

就這麼決定了，受訓，分發，割盲腸，都是迷迷糊糊的，而上船的日子到了他才醒來告訴自己說：「別叫小仲難過！」做得到嗎？而卻做了。

「其實，我所能還的也只有這些而已，」魯濟說：「沒事的時候去陪陪她好嗎？說來，她也夠寂寞的！」

「我會，她對我們都不錯，只是她也有她的苦衷罷了，」小仲說：「你哥什麼時候出獄？」

「不知道，遙遙無期了，可是就是他出來了；我該做的還是該去做，」魯濟捏捏她的手臂，她便把頭靠在他的肩上：「南太平洋下的父親知道我這麼做，我想他也會高興的。」

「魯濟，不要提海底行嗎？」

「好吧，」魯濟說：「寄住妳那兒的錢妳好好支配一下，錢光存著會存死了。」

「好。」

「小仲，走雖然不好受，可是只要有夢想便不會那麼難過！」

「什麼夢？」小仲回頭詫異地問。

「兩年後妳幾歲了？」魯濟正經地問。

「二十五。」

「那時，我就到九份，或瑞芳東和路靠山的地方，用那些錢分期付款買一棟小小的房子。」魯濟說著眼光在港面搜尋著，他的夢似乎就在水、煙間隔的地方向他飛奔而來。

「幹嘛？」

「小仲，妳說，廿四、五歲了，不嫁我行嗎？」魯濟說著捏捏她的臉頰，輕輕地把她的頭髮撩到耳後。「那時，我到市場去賣魚，妳繼續到幼稚園拐孩子，我們不是可以生活下去嗎？」

「你個頭！」小仲說，然後便又哭起來：「魯濟，你不去可以嗎？」

「傻蛋，妳又來了，」魯濟說：「我不去那阿姨的債怎麼還，我的夢更無法實現了，雖然它的確是個夢。」

「阿姨知道你把錢分兩邊寄嗎？」

「知道，我跟她說過了，老實說，給她多了她只賭得更兇罷了，」魯濟說：

「小仲，船員的太太都喜歡賭，妳喜歡嗎？」

「才不，」小仲傻傻地看著港面說：「我要做船員的女朋友，不做船員太太！」

「好傢伙，妳傷透我的心了，」魯濟說：「那我兩年後又得像剛回來一樣，找不到工作天天用妳的錢！」

「那時阿姨不會再逼你的錢，你可以隨便找一個工作，錢少，又有什麼關係？」小仲真誠地說。

「有道理喔，小仲！」魯濟說著緊緊地摟著她，遊艇上那個外國人朝著他們笑。「我那時有一個會賺錢的太太哪！」

太太？有時魯濟真迷惘的厲害，想深了便自卑的可以了。在朋友面前，在小仲面前都敢大大方方甚至帶著開玩笑的口氣說：「這是我太太，小仲！」可是有時卻就被這種稱呼驚醒。午夜自問對得起小仲嗎？在感情方面？答案是肯定的，起碼從小仲走進他的生活一步之後，他從不曾辜負過她。而該死的，常問的倒是，你能負起責任嗎？

儘管這是一種新的年代，可是男人養活自己的妻子兒女這種根深柢固的定理說什麼也無法改變的。然而自己呢？服役期間得到她多少接濟，這且不說，就是退伍之後在職業的路上徘徊時用掉她多少錢？最怕見到的總是小仲回過頭去打開皮包，然後轉身把幾張紙幣塞進他手裡的一幕，「魯濟，拿著吧，你少跟我想入非非！」不想嗎？做夢都會臉紅。「那這樣好了，你以後連利息一起還，記得，八分利哪！」這就是小仲吧，可以看透他內心所思的女孩。

「你走了，我會常到漁船碼頭去！」小仲說。

「幹嘛？去那邊念：天這麼黑，風這麼大，哥哥捕魚去，為什麼還不回家？」

「不，我會去問那些回來的人看有沒見過你，或許，我可以看著船想著有一天你會搭這種船回來，」小仲說：「就像當初常去看軍艦一樣。」

「小仲，妳小說看太多了！」魯濟抓起她的手拍了拍說。

「老實說，魯濟，你有沒想過，你回來那天，基隆會是什麼樣子的？」

「沒有，」魯濟問：「妳想過了？」

「嗯，從你割盲腸那天開始。」

「我倒想看看，」魯濟說：「那時候，有一個叫小仲的女孩已經又醜又老了，她會穿著和今天一樣的衣服，抱著一個小孩，看著一個歷經風霜，又臭又髒的老漁夫走下船來，然後跟那小孩說：『叫叔叔，快叫叔叔！』。」

「你不信任我？」小仲抬起頭滿臉委屈地說，鼻頭一酸，眼淚便又掉下來了。

「我只開玩笑罷了，小仲，」魯濟笑著拍拍她的背說：「誰叫妳又傻又倒霉地認識我。」

「你回來那天，」她抽著氣說：「我要拿面大旗子站在公園山頂搖來搖去，你一定看得見我！」

「好吧，小仲，」魯濟說：「我從一進領海開始就看著公園的方向好了！」

「一定？」

「一定，傻瓜，」魯濟說：「年紀一大把了，還那麼會幻想！」

天暗了，船上的燈光把港面照射成一幅扭曲而悸動著的圖案，遊艇上那外國人下了船笑著往他們走來說：「LOVE，謝謝，再見，謝謝！」小仲低下頭，魯濟站起來跟他握握手說：「Welcome to Keelung！」

「冷嗎？」魯濟問。

「嗯，」小仲說著靠緊了他：「明天幾點走？」

「三點上船，」魯濟看看錶：「還有七個小時。」

「你不去我家跟媽說一聲！」小仲問。

「不了，我怕伯母也和妳一樣，總看不開。」魯濟說，「我送妳回去好了，我不進去了。」

「這麼早？」

「傻頭，我還得回去拿東西，收拾收拾，給一堆朋友打電話。」魯濟拍拍她笑著說。

「好吧，魯濟，」小仲哽哽咽咽地說：「等下你先走，我要再坐一會。」

「也好。」魯濟說著站起來，拍拍她她的臉。

「魯濟，」小仲抬起頭，滿臉的淚映著燈光閃爍著：「Kiss me，好嗎？」

「傻瓜，留到下次見面好嗎？」魯濟別過頭說：「我要求過我自己了。」

「求你！」小仲把頭埋進腿裡大聲地說。

魯濟回過頭來扶起她，輕輕地把她的頭髮理了理便深深地吻她，然後把臉放在她的肩上緊緊地抱著她。

「魯濟。」小仲說著肩膀動了動。

「嗯。」魯濟的眼睛透過一片霧似的長髮看著港面。

「把眼淚擦擦，」小仲說：「都流到我脖子上了。」

拖船又從遠方回來，汽笛悶響了一聲，魯濟拿起旅行袋，頭也不回地便快步走了。

一九七六年四月二十八日　刊於《聯合副刊》

# 婚禮

接到田清祥的喜帖時包舉可真嚇了一跳。一來是從沒想到一年不見，他便離得那麼遠，而且要結婚了；二來是那份「喜帖」的樣式著實新鮮的叫人心驚。對折的黃色卡紙、深藍色的漫畫字體，大概是刻蠟紙油印的，他一摸整個拇指便沾滿了淡淡的油墨。裡頭寫的是：

我倆承上帝的引導，由相識、相戀、而到非共同生活無法滿足我倆愛情的時候，因此，請您來共飲一杯婚酒，並為我倆的證人，您的光臨將是我們婚禮中無比的榮耀。

田清祥、何錦慧敬邀

邊沿則畫了一些花花草草，而在右下角兩個歪歪扭扭的天使腳下才細細地寫著時間及地點。包舉一邊好笑地看了又看，一邊便抽出了附來的信，田清祥的字並沒變，仍然是四四方方一筆一畫的，裡頭大略地說他要結婚啦，交代他如何坐車，下了車怎麼走啦，但末了卻是一本正經地說：別的人不來我不見怪，但，小包，你非來不可。

這會兒包舉倒是迷惘的厲害，他點了一根菸躺在床上想了個半天也想不出那廝倒是豔福不淺的。退伍不久，他來過一封信，只提到他的小學老師叫他到一個鄉下小學去代課什麼的，然後便音訊杳然，而再來信時卻便是這麼一記棒喝，敲得他迷迷糊糊的；他瞇著眼看著裊裊上升的青煙，面前似乎看到田清祥牽著全身純白的新娘。大概也是個老師吧，包舉心裡想，名字倒怪好聽的。

同室的人端著臉盆推開了門才驚醒了包舉的遐思，他一邊把臉盆塞進床底，一邊翻了翻那張喜帖，說：「這是什麼？那個幼稚園開運動會？」

「你他媽少猥褻它，」包舉沒好氣地說：「人家可是正經八百的喜帖！」

「喜帖？」他一邊站起來抓毛巾擦頭，一邊看笑著說：「喲，這年頭有才華的人倒不少，這可是打破傳統，超凡脫俗的設計呵！」

包舉看看他便不想理他了，只是自己也覺得設計那張喜帖的人挺有勇氣的，只是太簡陋了一點，說好說歹也該用好一點的紙，紅色的，至於鉛印、油印倒也可以不去管他，何況印帖子的鋪子裡也難保有那些字眼，又是上帝又是愛情的。

談起他倆的認識倒是一種巧合，就如喜帖上所說的是「上帝的指引」，那時包舉服役剛滿一年，幹的是「吃人飯、幹人事」的文書，有一回到料羅碼頭去接新兵，本來田清祥並不是撥給他營裡的，可是事情總是那麼難以臆測，就當包舉帶著那些初到外島，滿臉疑惑的新兵要上車時，竟然發覺他是那麼與眾不同，呆坐在牆角裡抽著菸，一副毫不在乎的樣子，閒散的叫人不服。

「你叫什麼名字？」包舉走過去時，他連站都不站起來，這對一個剛出訓練中心的新兵來說是夠「大逆不道」的。

「田清祥！」他說。

「教育程度？」

「高中，」他這才慢吞吞地站起來說：「補校。」

「把你的名字和畢業學校寫在這兒！」包舉把紙筆遞給他說：「換了一個新環境，你不想去打聽打聽這裡的情形？」

「我習慣了換環境，」田清祥抬起頭看了看他，拿著筆在他的腿上比畫了一下說：「從這麼小開始！」

「你會刻鋼版嗎？」包舉看著他端端正正的字說。

「報告班長，我高中的學費一半是靠刻鋼版賺來的！」他一副志得意滿的樣子。

隨後車裡便多了一個他。當車子在公路上飛馳，所有新兵都好奇地看著車外景物的時候，包舉望了望把頭埋在行李上打瞌睡的他，心裡便笑著想：這下子可好，多了一個會刻鋼版的兵，也多了一個問題人物。

而那個晚上包舉看了他的資料後，不但心裡那股不服氣的酸勁兒沒了，卻反而非常同情他。資料上寫的是：「田清祥，父母不詳，自小即在孤兒院長大，性情孤僻，自卑，極需開導，但辦事能力，領導才能特強，並無安全顧慮及不良行徑。」

看完了資料，包舉拿了一些餅乾和階級臂章便到新兵的碉堡去找他。碉堡裡的新兵大聲談笑著，一邊縫著臂章，有的一邊已寫起信來了，只有他仍然呆坐在鋪好了的床上抽菸。

「你不縫臂章嗎！明天早點名時可就要檢查了！」包舉看看他說。

他笑笑的看看包舉，便掏出針線袋來，慢慢地穿著針。

「臂章呢？」包舉說。

他又看了看包舉，放下了針低下頭輕輕地說：「我沒錢買！」

「錢呢？」包舉小聲地說：「現在才月初！」

「在補充營掉了！」

「你有沒有報告？」

「報告？」他說：「人家一定是需要錢用才拿我的，我又何必去報告？找不到人，別人會認為我撒謊，找到了，他不但想做的事沒法子做成，還要受處罰。班長，這又何必？」

包舉倒被他這種不成理由的理由搞混了。

「班長，」他笑著抬起頭說：「我不相信你就沒有拿人家錢的念頭！」

「那，你有嗎？」包舉問他。

「有，」他說：「常常！尤其是湊不出注冊錢，或是餓的半死的時候！」

「你常挨餓？你家人不理你？」包舉明知故問地說。

「家人待我很好，班長，」他說：「可是家裡那些比我還小的孩子他們更需要照顧！」

包舉只覺得他那種無意的掩飾更增添了他的真誠，當然，整個碉堡裡，只有包舉曉得他所謂的「家人」是誰。包舉於是轉過身掏出了五十元摺在臂章裡拿給他說：「這是我從舊衣服上拆下來的，你就把他縫上去吧！」

他看看包舉接了過去，當他發現臂章裡夾著錢的時候，他整個眼眶都紅起來了。

「班長，我會還你的！」他說。

包舉走出碉堡的時候聽見裡頭一個新兵說：「這班長倒不錯，喂，你還人家的時候可要買一個新的！」

然後，他們的友誼便由此開始了，就如營長後來說的一樣，一個人在極需要安慰與支援的時候，你只要給他那麼一些，便可贏得了他的整個心。或許這便是做人的起碼條件吧，包舉後來常這麼想，尤其是他發覺田清祥在整個單位裡頭竟只聽他的話的時候。

「結婚倒好！」包舉說。

「是不錯，」室友一邊剪指甲一邊應著：「起碼晚上不必抱著棉被發麻！」

「你少齷齪，」包舉說：「我是說我那個朋友。」

「他怎麼啦？」

「他孤獨夠了。」包舉說：「受苦的人有福了，上帝說。」

五月中，而天氣卻熱得像三伏天，新做的西裝墊肩硬得像鬼，於是包舉一邊走一邊便脫掉上衣，鬆開領帶，一邊不斷地擦著汗，他想不到這竟是這麼偏僻，臺北搭直達車經八堵、瑞芳到舊道下車，然後還要爬這麼一段山路。

那似乎是一個沒落了的礦村，堆砌得整齊而平坦的石階和雕刻精美的小土地廟展現著曾有過的光輝歷史，只是現在卻荒草掩沒，蒼涼得很，路旁一直可以看到廢棄的坑道，有的甚至還潺潺地流著水，而坑道口的蘆葦卻有人高了。

山路沿著山稜而上，接著是一段平坦的路面，遠處基隆山，瑞濱海面，金瓜石及深澳電廠一覽無遺。山風倒是涼爽的很，包舉坐在路旁的石頭上休息著點了根菸，心想要是夜晚來此，有點點漁火，倒不失為一個名勝呢！

平路盡頭便是下坡，田清祥所說的小村便在山腳下，學校的國旗在一遍翠綠中顯得英挺而鮮明，路旁一座有應公祠，石凳上一個黝黑而肥胖的女人正坐在那兒給孩子餵奶，看到包舉只笑了笑，倒是他不覺尷尬，於是他看了看她腳旁滿滿的兩籃菜便找個話說：「太太，妳買菜呀！」

「素！」她一邊把奶塞進衣服裡一邊說。

「妳是到九份去買啊！」包舉懷疑地說著，一邊幫她把小孩放在背上。

「素啊，這裡沒有菜素場哪！」她說著熟練地把背巾纏在小孩的背上。

「請問一下，妳知不知道有一個田老師他住在那裡？」包舉說：「今天要結婚的田清祥田老師。」

「我朱道，我朱道。」她咧著嘴笑了起來，臉紅紅的。

於是包舉便幫她提著菜籃走下山去，一邊問她說：「妳認識田老師？」

「認識啊！」她說著，一邊抓著大腿上被野蚊叮得起泡的皮膚，這麼一抓一抓的皮膚上便有了一道道白痕。

「他好不好？」包舉覺得這女人倒純樸的可愛，於是打趣地問。

「普通普通啦，」她紅著臉笑著說：「你是他臺北的朋友？」

「你知道？」

「他說過有一個好朋友，當兵的朋友在臺北，」她笑著說，一邊把小孩的手從她的頭髮上抓下來：「姓包，嘻，包青天的包！」

包舉自己一邊也笑了，看樣子田清祥和村子裡的人搞得倒不錯的樣子，包舉心裡想，難得他竟那麼合群起來，這倒真是士別三日刮目相看呢。

村子是相當冷清的斷垣殘壁比比皆是，只是那些倒地的柱子和門牆有的都是雕刻的非常精美的石頭，有一個人家門楣上甚至還鑲著個圈圈，裡頭斗大的一個郭字，包舉心想這定是大戶人家呢，只是現在卻是除了那面牆外其他都倒了，門裡的地上種了一些絲瓜，嫩綠的瓜藤都已爬滿了棚子。

「田老師在那兒，包先生，」那女人回過頭說著大聲地喊著：「清祥，有人找你，臺北姓包，包！嘻！」

包舉這才發覺他已走進了學校的操場，學校不大，但操場卻是不小，這是鄉下學校得天獨厚的地方；操場四周種滿了櫻花，綠意盎然，田清祥正站在樹下和幾個小學生說話，聽見女人一喊便飛奔過來，還是那副樣子，白白瘦瘦的，卡其褲、白上衣，頭髮倒梳得油亮。

「嘿，」他跑過來抓著包舉的肩膀說：「嘿，我知道你一定會來，可是沒想到你到得這麼早呢！」

「好小子，你這方面可是真人不露相哪！」包舉打了打他的肩膀說。

「小包，」他忽然沉下臉說：「不談這個，現在不談，你先休息休息，我去關照一下學生，回來再跟你聊，反正……唉！」

「我迫不及待地想看新娘呢！」

「新娘？」田清祥轉過身靜靜地看了看包舉，苦笑著說：「小包，你已見過了。」

「見過了？何方？」包舉懷疑地問。

「你不是幫她提著菜籃回來嗎？」田清祥平靜地說完，轉身走了，包舉呆呆地站在樹蔭下，仍然冒著汗，看著走進教室的田清祥，他彷彿做了一個夢，而現在還沒醒，懷疑且驚愕的厲害。

「貴姓包？」身後有人拍了拍肩膀說。

「喔，正是，」包舉轉過頭去看看後面的人說：「您是？」

「敝姓江，美術老師，常聽小田提起你來，」他叼著菸瞇著眼說，一邊甩著鎖匙鍊子，叮叮噹噹地：「難得你那麼老遠來，我想，你這副裝束倒更像新郎倌哪，哈，貴客！」

包舉望著他那副樣子，直覺裡便有一點戒懼，只對他笑笑。

「嘿，你有沒有看到我設計的喜帖？」他猛然地拍了一下包舉的肩膀說：「如何？堪稱一流傑作吧！」

「是不錯，」包舉震了一下，便自顧地在花圃的石頭上坐下來說：「發了很多嗎？」

「不多，三張，」江老師張口把菸吐出來，咧著嘴斜睨了一下包舉，抖著三根手指說：「一張他老爸，一張他老母，一張給你。」

「他爸媽？」包舉懷疑地問：「他找到他父母了？」

「鬼才曉得，」江老師拉拉包舉的手，突然伸出右手把包舉散落的頭髮撩上去，包舉緊張地把頭往後一仰，他只覺得這動作真怪，可不是他應該有的，江老師看了看他笑著說：「印好那天，他站在圍牆上把那兩張帖子撕了，大叫大嚷著

『爸，媽，我要結婚了！』然後便坐在那兒哭，害得全村子的人緊張得要命！」

「後來呢？」

「誰也不曉得，反正天暗了後他還在那兒嗚嗚咽咽的，第二天倒又平靜的很！」江老師不以為然地說。

包舉忽然莫名地焦躁起來，他真覺得自己是在走入一個戲臺，鑼鼓掀天價響，而主角卻依然杳如黃鶴。

「江老師，」包舉正色地說：「我是說，你和小田的交情怎樣？」

「朋友嘛！何況同居一年了，」江老師撐著手說：「我的意思是我們住在一起也快一年了，不過，包先生……」

「叫小包，小田是這麼叫我的。」

「好吧，小包，老實說我和他搞不來。」

「怎麼？」

「不曉得，總覺得他怪，」江老師說著，又捏著包舉的手說：「你曉得，我這個人是很隨和的，他只是孤僻，性情善變，就如學生們說是晴時多雲偶陣雨的。」

「他和新娘是怎麼搞上的，你曉得嗎？」包舉不著邊際地把手從他的手掌裡抽出來，無意識在褲子上擦擦。

「小包，」江老師搔著頭皮笑肉不笑地說：「這碼事說來話長，我找你主要的也是跟你談這事，你先要有一個心理準備，今天這個婚禮可不是挺體面的。」

「你是說？」

「反正村子裡的人都是抱著一種好玩的心情在旁邊看著的。」江老師看看包舉滿臉疑惑的表情說：「他們都說這是兩個瘋子在辦家家酒！」

「這倒好玩，」包舉咬著手指說：「田清祥怪我是曉得，但那女人……」

「小包，那女人才是真的瘋了，」江老師說：「她連兒子生下來是誰的都不曉得哪！哈！」

「江老師，這並不好笑不是嗎？」包舉狠狠地刺了他一記說：「如果真是這樣她是值得同情而並不可笑，不是嗎？」

「抱歉，抱歉，」江老師嘻皮笑臉地說：「事情是這樣的，女人的前夫是礦工，有了兩個小孩，後來有一回礦場災變，大場面的災變，報紙登得大呢，出殯那天，呼，可熱鬧的，棺材二、三十具，樂隊、花圈那更不用說了，那些大人物的輓聯從大至小至少二、三十副，哪，可不是玩的……」

「好了，她的丈夫也是其中之一是嗎？」包舉打斷他的話說。

「可不是，」江老師搖搖頭說：「沒多久，女人便瘋瘋癲癲的，連續兩年陸續又生下了兩個孩子，也不知道是那裡來的種，我剛來的時候就聽人家說她是『公田』，這意思你曉得嗎？」

「曉得，」包舉越發覺得噁心起來：「小田來你也跟他這麼說過！」

「豈止說了，」江老師挺起胸得意地說：「我還地警告過他玩玩可以，可得把什麼道義人情放一邊別那麼玩真的，小包你也曉得這窮鄉僻壞的，誰也不能擔保一個光棍不亂來，何況她既然是大家口中的『公田』……」

「江老師，」包舉站起來很不客氣地說：「這種話出自為人師表的您，未免太那個了吧？」

「這是實話！」他理直氣壯地說。

「那你是說你跟她也來過這麼一手？」包舉可是真的動氣了。

「天曉得！」江老師毫無反應地說。

「然後呢？小田他……」

「小田來了不久，就叫她住在我們宿舍隔壁的空房子裡頭，來和我打商量，我們兩個人每個月拿出五百塊錢給她，她來幫我們煮飯、洗衣、打掃什麼的。」

江老師說：「我說過我是很隨和的人，我當然答應他，何況，助人為快樂之本嘛，你說是不是，小包？」

「隨後他就要和她結婚了？」包舉問著遞給了他一根菸。

「小田他會那麼不知死活？」江老師吸了一口菸，不懷好意地笑了笑說：「沒多久，哈，那女人便又抱西瓜帶球走，這下好了，全村嘩然，小田真是萬夫所指的，於是不得不請你穿這麼高貴的西裝來這麼一趟了，嘿，現在工錢很貴吧？」

「村裡的人都肯定是小田的種？」包舉問。

「反正小田也不否認！」

「不否認就是承認了？這年頭倒有這種明理的人呢！」

「不是嗎？」江老師懷疑地問。

「耶穌被釘在十字架上這個故事你曉得吧？」包舉是有意的窘他。

「那也只他那麼一個，」江老師說：「小田不會那麼認真地花錢、受辱、還搞來累贅的，他不傻，小包。」

包舉便不想理他了，他自己覺得那張喜帖倒是揶揄夠了，不管如何，這上帝倒費心透了。

蟬聲四起，風涼涼的，令人想睡，包舉心想能這麼睡一下也好，腦子夠混的，這個世界是他媽的夠差的。

而田清祥卻在這個時候走來，也不說什麼，就直挺挺地站在包舉的面前。

「你搞個屁！」包舉沒好氣地說：「還不換衣服去！」

「這就可以了，」田清祥愣愣地看著前方說：「有儀式就行了，你來了就好了。」

包舉站起來用力抓住他的肩膀說：「小田，你什麼時候才能長大像個人！」

田清祥只是看著他，想說什麼又說不上來，吐了一口氣說：「進去吧，里長都來了，只等你一個。」

「里長？」包舉不禁笑了起來：「他可是代表那些看戲的？」

「證婚人。」

「我呢？」

「男方主婚人。」田清祥說，包舉伸手拍拍他的背搖搖頭，什麼也說不上來。

禮堂就在教室裡頭，他倆進去的時候裡面已經坐了二十來個人，理著光頭的小學生端著糖果碟子，呆呆滯滯地站在通道上，看到他倆鞠個躬說：「老師好，長官好！」

包舉笑著摸摸他的頭說：「我不是督學，我可是主婚人！」那小孩木然地看看他，便又低下頭。

裡面倒是經過一番佈置，黑板上釘了個紅紙剪的囍字，講桌上也點了蠟燭，破破爛爛的天花板上掛滿了孩子們的勞作，風一吹進來便招搖不停。田清祥引著包舉走到最前面，在一個白髮的老人坐位前停住說：「這是里長。」

「你好，你好，」里長用臺語說：「我國語不太行。」

「小田在這裡讓你們照顧，真多謝！」包舉也用臺語說。

「那裡，那裡，莊內大家都是一家人，一家人，哈，」他轉過頭來跟小田說：「可以開始了吧，中午了哪，酒蟲癢著呢！」

「可以了。」

「喂，去把我們新娘子給叫出來！」里長興奮地向那些女人說：「要結婚了。」

女人哇啦哇啦地笑鬧著出去了，里長熱絡地牽著包舉的手走到講桌後頭，包舉站在那裡看了看田清祥，真是一腦子亂。

不一會兒那女人便被推擁進來，一邊還忙著把背上的孩子扶正，把背巾在腰側打了個結，包舉這下子仔細地端詳著她，而和初見的印象並沒兩樣，黝黑、肥胖，嘴唇很厚，令人難忍的倒是那種木然而呆滯的眼光，儘管微笑著，但仍然令人覺得那眼神是認命的，無所謂似的。

儀式在嘈雜夾著笑聲的情形下死板地進行著，當司儀叫著「新郎用印」的時候，一聲淒厲的叫聲從外頭傳來。

「媽！」小孩歪歪斜斜地跑了進來，一邊哭著說：「媽，我肚子餓。」一邊便死抱著女人的腿。

旁坐的女人肆無忌憚地笑起來，笑得那女人手足無措地，想轉過身去又不敢，於是只好著急地看了看田清祥，又回頭看了看包舉，而里長也不禁地掩著口笑起來，包舉狠狠地把他的手甩開，走過來把小孩從女人的腿上扶起來，慢慢地走到女客的面前，把他交給一個笑得滿口金牙的女人：「別笑了，妳給我抱著他！」

那女人停住了笑，就那麼抱著孩子說：「不要哭，不要哭，你媽媽結婚了你還哭！看哪，你又多了一個爸爸呢。還哭！」

那些女人順著她的手看了看田清祥便又大笑起來，男客裡頭卻有人叫著：

「別亂了，三八查某！」

包舉只好閉著眼睛讓汗一直流著，他真想早一點離開這兒，可是一睜開眼看著面前肅立著的兩個人，他倒是一直想那麼大聲地也哭起來。

「請證婚人致詞！」江老師叫著。

里長拉拉衣服，抓抓頭跟包舉行了個禮，一板一眼地走到講桌前，用臺語滴滴答答地說：「包先生，各位里民先生女士，咱這個何錦慧小姐，也就是坤仔的前某，這個何女士，今天……」

包舉閉著眼睛緊緊地咬著牙。

「人家說雜種小孩比較聰明好像是真的，這小鬼這麼小就一副靈精樣！」女人說。

「何小姐人不壞，這個田老師是年青有為……」

「亂講，人家是說混血兒比較聰明……」

「今天，兩姓合婚，這個啊，早生貴子……」

「混血兒比較漂亮是真的……」

「姻緣啊，這是天注定，相欠債，咱這夫妻啊……」

「混血兒是我們和外國人生的孩子才叫混血……」

「家和萬事興，總而言之，簡單地說……」

「啊，那還不是一樣，他們混血才混兩種，人家錦慧混多種啦……」

「多謝各位，多謝各位！」

「請貴賓包舉先生致詞！」

「上帝詛咒你們！」包舉壓抑著自己，裝出笑容用國語大聲地說：「詛咒你們這些男女，你們應該像何小姐的前夫一樣走進地獄，別忘了，你們這裡到處都是地獄的入口！」

臺下響起了一陣掌聲，江老師走過來笑著說：「他們大多聽不懂的！」

包舉沒答腔，田清祥滿臉通紅地站在一旁，慢慢地拉著新娘的手出去，輕輕地問她說：「菜都煮好了沒有？」

「都煮好了！」女人晃著孩子，手背在後頭，輕輕地拍著孩子的背。

「媽！」那小孩從女客的懷裡跳下抱著錦慧的腿說：「我要吃飯，媽。」

里長笑嘻地拉拉江老師說：「中午喝啥？」

「雙鹿！」江老師拍拍他的肩膀說：「怎麼？對胃吧？」

「斬！」里長笑著說。

說那是喜宴，倒不如說是菜市場好，包舉一邊毫無意識地嚼著一邊想。儀式進行的時候還都是大人，而一開始吃飯便不知那裡來那麼多小孩，抓著菜追追打打的。

「吃啊，你不是天天叫著要吃魚丸嗎？真的要你吃你才不吃，真是！」鄰桌的女人大聲地說著，小孩則是滿口食物，盡搖著頭。

「包先生，來，我敬你一杯！」里長說著一飲而盡，喝了一口湯，含含糊糊地說：「先乾為敬，先乾為敬！」

「我隨意好了！」包舉一舉杯，里長卻已又端起杯子向鄰桌「先乾為敬」了，他只好放下杯子，看著村民吃著喝著。

男客那邊更是大吼大叫地，划著日語拳，整桌面似乎都是搖動的手指，包舉只覺得頭昏，而里長現在卻是向著田清祥而來的說：「來，我敬你這個『便爸爸』一杯，不乾不誠意，哈哈……」

包舉只覺得這句話真就像一根搔著喉頭的羽毛，使他整個胃翻騰不已，於是他放下杯子，便衝到操場趴在圍牆上吐個不停，最後吐得連眼淚都出來了。

櫻花樹下卻是一遍陰涼呢，坐坐也好，包舉心想，我這下子倒真要好好休息一陣子了，這倒是什麼個地方呵！

「小包，」田清祥不知何時卻站在他面前靜靜地說：「進去吃飯！」

「等下。」

「現在！」

「等下。」

「我要敬你一杯！」

「等下。」

「你非喝不可！」

「等下。」

「你非現在不可！」田清祥激動地說。

「等下！」包舉也大聲起來。

「你非現在不可！」田清祥滿臉通紅地抓著包舉死命地晃著。

「他媽的，我打死你這個王八蛋！」包舉忽然撥開他的手蹲下來拔起一根圍著花圃木棍往田清祥揮去，田清祥避開退後了好幾步，包舉把上衣往地上一扔揮著木棍又趕上去，於是田清祥便邁開步子跑了。包舉一邊叫著一邊便追過去，而教室裡頭正吃得盡興，一聲聲「古得，古得，拍桑，拍桑」響徹雲霄。

也不曉得跑了多久，包舉只覺得自己是累了，累的想大哭或大笑一場，而當他走上一段殘缺的石階的時候，卻看到田清祥正坐在一棵桑樹下哭得厲害。

他喘著氣走到他面前，把他的頭用力往樹幹上一推，大聲地說：「你哭，你哭個屁！該哭的是我，我被你訛得夠了，當小丑當夠了！」

「你這小子倒厲害，哼，以前一天到晚跟我又是仁義，又是道德的，我操，一年不見真進步的快哪！」

「那時人家去搞紡織廠的女工，你還大放厥詞，而現在，竟然去搞一個礦工的遺屬，去搞毫無意識的女人，你他媽也和他們一樣該死在坑道裡頭！」包舉一邊罵著一邊忘情地打了他好幾個耳光，最後他嘴角都流出血來了。

「我這倒問你，你是愛她，還是只把她當作洩慾的工具，就像那些該死的男人一樣！」

「我並不愛她！可是……」田清祥終於含含糊糊地應著。

「好小子，這竟是出自你田清祥嘴裡的話！」包舉這下子真是盛怒已極，他狠狠地勒著田清祥的脖子，大聲地說：「你把她弄大了肚子，行過儀式，到這種時候了還膽敢說不愛她，你這是人話嗎？」

「她肚子裡的孩子不是我的！」田清祥掙扎出這麼一句話來，包舉愣了一下，把他往地上一摜，指著他的臉說：「那是誰的？江老師？里長？還是那群男人！」

「我不曉得！」田清祥大聲地喊，便哭了起來。

「這是個什麼齷齪的世界啊！」包舉搖搖頭說：「那你怎麼想到去和她結婚？你真的想當耶穌去背十字架？小田，你聽我說，你背不起呀！」

「小包，」田清祥抬起頭說：「我只是同情她，但我更同情那些孩子。」

「你和她結婚就能解決一切嗎？」包舉說：「小田，你自己倒想想看，這是責任啊！同情並不是用這種愚昧的方法，何況這些該死的傢伙又有誰能了解你？你在他們眼裡，只不過是個撿破爛，無恥之至的小子罷了！」

「小包，」田清祥平靜地說：「當初你故意問我『我的家人』這碼事，又夾了五十元給我的時候，有誰了解你？」

「那不同！」

「一樣的。」田清祥說：「那都是在一個人的絕望關頭突來的援手！」

「可是那女人不會知道的，她仍然會毫無意識地被作賤下去！」

「不會，我了解這些村民，我只要用這種毫無意義的儀式便可以阻止他們那些不以為然的魯莽，」田清祥拉起衣角擦著嘴角的血，喘著氣說：「最重要的是我不願看到那些小孩一個個毫無意識毫無自決權利地被生下來，然後得自卑的過一生，小包，我不願他們像我一樣你懂嗎？我受夠了，你們只會在一旁口頭上自以為是地鼓勵我們，可是你們並不能感受出我受過的那種殘缺的生存的味道。小包，我這一生尊敬過你，所以我請你來，因為我把你當作我的兄長，所以我告訴你這些，只要你知道，別人又有何妨，我已經習慣了被誤解，早習慣了！」

「好小子，」包舉疲倦地跌坐下來說：「你倒挺想得開的，嗯？」

「小包，我只是不願看著悲劇連續不斷地上演罷了，」田清祥說：「不管你認為對不對，我是做了，而且我覺得這麼做沒錯，我就做了！」

「去吧，小子，這世界挺差的，我想，」包舉把頭埋在膝蓋上說：「但有你這種傻瓜在，別人倒是顯得挺聰明的！」

「你也不見得笨，」田清祥苦笑著說：「婚禮上你罵死他們了！」

「他們不懂！」

「這更好！」田清祥說：「只要有人肯挺胸而出，他們懂不懂又何妨？在旁觀者眼裡，他們只是一池子蛆罷了！」

包舉摸出了壓扁了的香菸木然地點著，我非好好靜下來不可了，這下子是認真的，他想著，於是他舒適地往後一躺，卻發現那孩子不知道什麼時候怯生生坐在石階上看他。

「田叔叔！」他小聲地叫著：「回去吃飯，有肉呢！」

田清祥把他抱過來說：「我們是該回去了！」

包舉跟在他們後頭走著，喜宴已經結束了，人們正一個個地在路上走著。

「小包，晚點走好嗎？」

「幹嘛？」

「夜晚崙頂可以看到漁火呢！就像那時在太武山上一樣。」

「我倒真的想看。」包舉說：「好久沒見過了。」

「我也要看漁火去！」小孩稚氣地說著看著包舉笑。

「好，」田清祥說：「爸以後會常帶你去看，嗯！」

小孩笑著趴在田清祥的肩上，緊緊地扒著。

一九七六年六月二日　刊於《聯合副刊》

# 難報生平未展眉

這個年初臺北的氣候變得很怪，冬雨季節總是乾冷而已，並不像往年那麼濕冷淒清；開了春，人們正慶幸地讚賞那個冬天過得並不難受的時候，它卻隨著潮濕溫和的春氣滴滴答答地來了，甚至連冬天沒下的都來了，一天連一天，白天連黃昏。

湯世乾下了交通車，小心地避過了地上的水漬；等他站定了想跟車內的人道聲再見的時候，車子已搶過了黃燈過了街去了。他很不自在地想著：人家不知道會不會以為他連這種應該有的禮貌都沒有哪？可是後來又覺得天天都這麼說著，少一天又有什麼關係？想著便釋然地笑著，甩著紮得緊緊的雨傘慢慢地往市場走去。

下班放學的人把走廊塞得滿滿的；外面下著雨，站在站邊等車的人也都避到走廊上來，一些中學生都乘機在書報攤上翻著那些花花綠綠的雜誌，有幾個卻在燒烤鋪亮著粉紅色燈光的櫥窗前看著那些油光閃亮的肉類發呆，有一個女孩說：

「奇怪哪，我們吃雞似乎裡外全吃了！」旁邊的男孩說：「你們家連雞毛也吃呀！」然後兩個人便笑笑罵罵地鬧著，那個胖胖的老闆聽了聽也覺得好笑；他看到湯世乾走過便說：「先生，買些什麼吧，今天叉燒不錯哪，回去省得太太再炒一樣菜！」

「不了，下次吧！」湯世乾說。

「那，雞爪子啦，翅膀啦，女人喜歡啃呢！」

「下次吧！」湯世乾說：「下次一定買些！」

平常的時候他是很少到市場來的，因為家裡的東西都是羅媽準備的，何況他又不是一個挑剔的人，雖然有些東西他吃不慣，可是總不想說，吃的時候少挾一點罷了，但最大的緣故還是他一到市場來，便覺得明依就在身邊，於是便會克制不住地自言自語，彷彿是明依就在身邊，故意挑一些他不喜歡的食物，讓他笑著罵著一樣；而讓鋪裡的人用奇怪的眼光看他，甚至問他說：「先生，你說什麼？」

但今天不同，今天是明依冥誕哪，明依小他四歲，算一算也四十三了吧，如果在的話。

黃昏的市場冷清極了，門口那些賣花的攤子收的只剩下一些孤零零的簍子，而在細雨中，那些花還是生氣盎然。他仔細地挑了幾朵黃玫瑰、素蘭，和一大把細葉、白花瓣、小黃蕊的小花，黃玫瑰是明依喜歡的，甚至連結婚那天，她都堅持換掉花鋪送來的紅玫瑰，而另外買了一束黃玫瑰當捧花。素蘭並沒什麼意義，只是代表懷念一個失去了的純潔的靈魂罷了；而那些小花卻是湯世乾最喜歡的，好幾回人家跟他說那是「毋忘我」，可是他並不在乎，他只是偏愛它那種楚楚可憐，羸羸弱弱的樣子。他並不懂插花的藝術，每次買了這花，他總是不加修飾地就把它鬆開，放進透明的寬口杯中，然後在葉子上細細地洒上一些水，放在明依的粧臺上，在鵝黃的燈光中，他有時面對著這些花，就這麼著迷起來了，總覺得它們需要好多好多照顧，想著想著，有時幾個小時便就這麼過去了。

「多少錢哪！」他問。

「黃昏了，算你便宜一點好了！」賣花的婦人再拿了兩朵鮮紅的玫瑰說：「一起算五十好了！」

湯世乾遞了五十元給她，把兩朵紅玫瑰放回簍子裡，而又拿起另一些小花，怯生生地說：「這……這樣換一下可以嗎？」

「你喜歡這種花嗎？」婦人問。

「是呵。」

「你喜歡就好了，倒也很少人喜歡呢，紅玫瑰不好嗎？」婦人笑著跟他說了，便又低下頭整理那些破碎而油膩的錢，一張一張撫平了，用橡皮筋綑著；一會兒她發現有人在注視她，便抬起頭說：「先生，還有什麼事嗎？」

「喔，沒什麼，沒什麼，再見哪！」湯世乾說著便走了，婦人奇怪地看了看他，便又低下頭來數錢了。

屋子裡冷清清地，他開了門進去時，羅媽正在沙發上打盹，關門的聲音驚醒她，便睜開眼睛說：「先生，你回來啦，今天晚些嘛。」

幾年來，這是湯世乾黃昏聽慣了的話，似乎除了「先生，你回來啦？」之外，羅媽再也想不出什麼話來似的。

「是晚了一點，我繞了趟市場，」他把皮包放在鞋櫃上說：「買了些花！」

「喔，那我炒菜去了，」她說著忽然想起來說：「小弟來了一封信，你不先看嗎？」

「懷明來信嗎？」他脫下鞋說：「我來看看也好，他倒沒忘記今天是他媽生日呵！」

他拉鬆領帶靠著沙發便看起信來了，懷明遠在臺南念書，雖然一個月或是多些日子也會回來一趟，可是每個禮拜都不會忘了給他來信，世乾常想：「有了一個好兒子，可是卻失去了一個好妻子呵！」

筆記本撕下來的頁子，寫滿了細細秀秀的字。懷明在某些方面總欠缺男孩子的那份灑脫和威氣，相反地卻有一份和他母親一樣的羸弱，多愁、優柔寡斷，甚至常自尋煩惱的女人氣；從小開始便顯得過份深沉而脆弱，很容易陷入一些莫名的哀愁中，很少徹底開朗過；或許也是深受自己喪妻之後那種情緒所影響吧，世乾常這麼想；因此，一上初中世乾便讓他住校去了，雖然沖淡了一些親情，可是世乾想，如對懷明的人格發展有一些幫助的話還是值得的，小孩總需要他們自己世界裡頭的一些友伴，因為失去了母親，對一個小孩來說便失去了一切，父親總無法給予他細膩而得體的撫慰。

「爸，記得在媽面前說我很好，」懷明在信上說：「月初我不能回去了，我和一些同學到海濱一個村落去做一些調查工作。……你寂寞嗎？爸，出去走走吧，要不然，趁休假來南部玩玩也好，南部的陽光好些，不過還是一句老話，就找個伴吧，你知道，我不但不反對，甚至很願家裡多一個能聽我說話的人哪！」

世乾把信摺好放在茶几上，便去整理那些花了。他把玫瑰和菊放到櫃子上，而端著那叢小花放在窗臺，細細的枝梗交錯在透明的杯子裡，卻也翠綠的令人心碎，他看著看著，眼睛卻熱起來了，「生日快樂，明依，」他說：「懷明……我們都好！」

辦公室是湯世乾的第二個家，也是第二個世界；就如很多同事在背後說他一樣，他覺得自己的世界只是兩個定點，家、辦公室，至多只能加上交通車搖晃而不舒適的位子罷了。

最初那幾年，有時真受不了那種椎心刺骨的孤寂，和如火燃燒的欲望，於是周末也曾藉故跟羅媽說一聲，也就不回來了，直到有一次，他聽到羅媽用一種近乎猥褻的語氣跟鄰居談起他的事以後，他便從此沒敢跨過這個小世界一步。湯世乾只是一個凡人，但卻總有比凡人更嚴重的自卑感；如果他承認的話，他有時是近乎懦弱的。

而在職員們的心裡，湯主任雖是一個不苟言笑的主任，但卻是一個好人，也就是有求必應的那種人，但他們不會知道在大辦公桌後頭，容貌森然，服裝筆挺的主任，卻是一個寂寞的人。

「湯主任，給你帶一個新職員來！」人事主任跟他說，並跟後面一個長頭髮的女孩招手：「辜雁菲，普考及格分發的！」

「不是早分發了嗎？」湯世乾站起來說。

「她病了住了一段醫院，申請延期報到，而今天也就來了！」

「是麼，辜小姐，你請坐吧！」湯世乾和人事主任一塊坐下，然後伸手指指面前的位子說。

「謝謝主任，」那女孩說：「請主任能多指導，我……什麼都不懂！」

湯世乾整個神情便變得不自在了，彷彿一股深深的孤寂和哀怨，從深藏了廿幾年的心裡一剎那全湧了出來，那竟是明依在說話哪！湯世乾捏著手，勉強自己平靜下來，仔細地打量著面前的她：或許是病剛復元，臉色蒼白的很，嘴唇淡淡地抹著唇膏，潤濕而明亮，瘦削的雙肩被長髮全部蓋住了，深藍的V領毛衣上露出的是白底細格的襯衫和白皙而瘦長的頸子，整個上半身似乎充滿著一種令人關懷而不忍的病態美。

最讓湯世乾心跳的，卻是她耳垂上別著那對細緻可愛的耳飾，竟是他最疼愛的小花。「真美啊，」他心裡說著：「花在蒼白的皮膚上，襯托著黑髮竟這麼美呢！」

「湯主任，」人事主任打斷了他的遐思說：「你跟她談談吧，等下請辜小姐到我那兒填些資料也就是了！」

「謝主任！」女孩說著微微起身，右手順勢輕拂了一下裙子的後擺。

而人事主任走後湯世乾便不知該說些什麼好了，只是看著她，然後緊張地避開。呆了一會，他便說：「也沒什麼事，反正相處的時間多著哪。久了，大家都會認識了！」他勉強地笑了笑，便招手叫來一位女職員，由她帶去了解工作和介紹辦公室那些人。湯世乾坐在椅上也就傷感起來了，他踱到窗口，看看外頭那些開著的花，竟不知不覺地輕呼著：「明依，明依！」

女孩到人事室去後，辦公室便響起了每當陌生人出去後那種評論聲。

「好瘦，好衰弱呀！」一個女職員說。

「瘦得真想餵她吃一點東西哩！」打字的王小姐說著大家都笑了。

「主任！」一個年輕的職員說：「主任！」

湯世乾回過頭說：「又有什麼主意了，小柯？」

「我們是不是找一天去飲茶，迎迎新吧！」小柯說著，大家都抬起頭來。

「可以呵，」湯世乾說：「你們去和她聯絡一下時間，我做東好了！」

「嘿，」小柯興奮地叫著：「鼓掌啊，大家。」大家真的就鼓起掌來了，湯世乾笑著揮揮手便坐下來翻開卷宗看著。

那個夜裡，湯世乾又坐在粧臺前仔細而痴迷地看著花，隔了一會，他卻取了紙和筆，慢慢地畫著一個女人的臉，頭髮長長的。畫好了之後，他對畫中那個憂鬱的臉孔不禁喜愛起來，於是他在畫上的耳朵用筆戳了兩個洞，捏下了兩朵小花，一邊給插上一朵，然後輕輕地把畫靠在鏡前，又退後了幾步看了看，忽然就激動起來了，他把畫抓起來，用力地吻著，吻著，直到整張紙都碎了，花也碎了，他才仔細地收拾收拾，到浴室去擦擦嘴上的墨水，然後便睡了。

第二天一上交通車，他緊張地看整個車廂，可是並沒那個女孩的影子，他才輕鬆下來。而車到半途，她卻和室裡的那些人上來了，她怯怯地問：「主任，我可以坐在這裡嗎？」

「坐吧！」湯世乾興奮地看了看後頭說：「反正也沒位置了，不是嗎？」

女孩笑著坐下來，默默地看著前面；而湯世乾卻不由自主地注視著她捏著皮包帶的手，手指細長而瘦削，白皙的皮膚下隱約地可看到青紫的血管，指甲適度地留著，並沒塗上蔻丹；湯世乾就是厭惡女人一雙美好的手偏偏塗得腥紅，他每次一看到，總會想到一些低俗的電影。

一會兒他忽然便緊張地收回視線，看著窗外。車窗上隱約地映出那女孩柔弱的側面，他看了看，卻伸出指頭，顫抖地摸摸車窗上那女孩的嘴唇的影子，說：「看哪，這些新建的房子是越來越好看了！」

那早上起，湯世乾便覺得從來沒這麼快活過，精神清爽而愉悅。他常緊張地抬起頭來，看看她專心地處理著公事的側面，而偌大的一個辦公室，似乎成了他自己的世界，就像在緊閉的臥室中。他的思緒在甜蜜的空間飛奔，臉色紅潤的很，眼中似乎總含著一層熱淚，「明依，明依！」他叫著，輕輕地。中午吃飯後他出去了一會，回來時那些職員訝異地看著他手裡捧著的那些花。

「主任，」小柯說：「這花並不起眼啊，辦公室這麼大，誰會注意呢？」

「我會，」湯世乾神祕的笑著說：「就放在我桌上哪！」

「其實，紅玫瑰有情調一點！」小柯說。

「是嗎？」湯世乾只顧著調理花，漫聲地應著。

週末他們真的就去飲茶了。整個室裡的人全去，甚至有的還回家帶了小孩來，足足擠擠了三張桌子。湯世乾似乎很不習慣這種紛擾的場合，只是頻頻地說：「大家不要客氣，不要客氣啊！」

「我們請女主角上坐好嗎？」小柯說，大家便都把眼光集中在辜雁菲的身上，她點點頭笑了笑，便站起來走到湯世乾的旁邊來，把毛衣脫下掛在椅背上坐下來，湯世乾挪了挪位子面對著她說：「今天你是主角啊，多吃一點吧！」

女孩笑著羞怯地看了看他說：「謝謝主任，我真不曉得我們室裡還真有人情味哪，」說著輕輕地撩了一下頭髮：「沒想到我一來，就打擾……！」

湯世乾只是注視著她的動作而已，當她撩動頭髮的手放下來時，他真激動的想去抱著她呢！潔白的頸子，柔軟的耳殼這會兒是那麼接近他，他甚至可以清晰地看到殘留在耳畔的青絲，柔軟地、馴服地熨貼在那細細的肌膚上，他甚至可以聞到淡淡地、令人痴迷的洗髮劑的香味。湯世乾忽然想到好久以前，他曾經把他的臉沉沉地埋進一個也是這麼柔弱的女人的青絲裡頭，蟄伏在他身心深處的許多快樂與快感，都醒轉來了，而看哪，耳垂下那個飾物，可不正是他日夜繫於心懷的小花嗎？「如果花瓣上能有幾滴露水，那不更晶瑩，更美嗎？」湯世乾想著，心砰砰跳著，手心都沁出汗來了。

「主任，你的茶哪！」女孩忽然回過頭說。湯世乾才猛然發覺杯裡的茶不知什麼時候竟然溢出來，使潔白的桌布沾上了一塊淡黃的水漬。

「喔，茶太滿了！」他說。桌邊的人正吃得起勁，並沒有人察覺出他的失態，何況茶樓的燈光是那麼黯淡，否則大家會發覺湯世乾的臉紅的幾乎流出血來了。

女孩端起了盤子笑著從鄰座的人接過來一塊馬拉糕，回過頭說：「主任，你也來一塊好嗎？」

「你吃吧，我對甜的東西倒不怎麼感興趣！」

當女孩低下頭輕輕地咬了一口的時候，她的長髮就輕柔地瀉下來了，從髮際只能看到她挺直的鼻樑和細小豐腴的唇，她細細地嚼著的時候鼻翼輕輕地掀動著，嘴唇也緩緩地織成一個令人沉醉的輪廓，當她怯怯地伸出舌頭舐了一下留在唇際的糕粒的時候，湯世乾看看他自己盤裡的糕，忽然覺得是那麼潔白柔軟而引人食慾，於是他便輕輕地咬著，小心地讓它留在唇邊，隔了一會才默默地嚼了起來。

「好吃嗎？」那女孩輕輕地問，拿著手巾印印嘴唇。「好久沒吃了，」湯世乾說：「味道竟是意外的好呢！」

女孩聽了便伸手取了一塊放在他的盤子上說：「主任，借花獻佛，謝謝你的招待！」

湯世乾看著她，卻什麼話也說不上來，只是默默地嚼著。

他回到家的時候天都快暗了，羅媽正鎖門準備回去，週末她休假。

「先生，你回來啦，」她說著又把門打開：「週末怎麼這麼晚呢？我以為你有事不回來了！」

「我是有事，羅媽，」他一邊脫鞋一邊說：「辦公室新來了一個職員，我們到茶樓飲茶去了！」

「我倒好久沒飲過茶啦？」羅媽說：「那一天小弟回來我們也去一趟好嗎？」

「好啊！」湯世乾笑著說。

「喔，對了，你看看我的記性，小弟又來了一封信，限時的！」

「好，不知又有什麼事哪！」湯世乾漫應了一聲，看著羅媽走出門，他便急忙地把門關好，著急地跑進臥室中把那瓶花端出來，輕輕地放在茶几上。幾天了，可是仍然生氣盎然地，只是有幾朵沒有那麼硬挺了，枝梗有點下垂，他憐惜地把它抽出來，而卻發現了兩枝沒花的枝梗，頂端已經枯了一節，他想起了那個夜晚，於是慘然地笑了笑也把它抽出來。

最後他端著那瓶花到洗手間去，輕輕地又洒上了一些水，放在窗臺上，搬了隻椅子坐在窗臺邊，又在那兒看著花，直到天都暗下來了，他才走回來開了燈，卻發現屋內什麼東西都朦朦朧朧地，他才發覺或許自己又流淚了。

懷明的信就放在茶几下，字體似乎和以往不太一樣，顯得匆忙極了。他奇怪地撕開，裡頭只是單單薄薄的一張信紙。

「爸，前日的信收到了嗎？本來這個週末不回來的，沒想到昨天接到一封信，我似乎非回來不可了。

爸，原諒我，我從來沒告訴過你，我有一個交往了很久的女孩子。她昨天來信說她已經去上班的地方報到了（她病了一些時候，老實說，她的健康壞透了），而老天，爸，你信不信那竟是你服務的單位哪！她說要請我吃飯，為了表示對她就業的慶賀及復原的祝福，我不得不回來一趟。我將於週末搭夜快車回去，可能星期日早晨可到家。爸，你不要出去，我們中午一齊去吃飯吧，讓我鄭重地跟你介紹一下。對了，你不曉得是否已知道你服務的單位有一個新報到的職員，叫辜雁菲，那便是她了。餘容詳稟，搞不好她還要你提拔一番呢！懷明敬叩」

湯世乾閉上眼睛靠在沙發上，輕輕地嘆了一口氣。最後，他把那些放在茶几上的枝梗收了收，用信封套著，恍恍惚惚地把它丟進字紙簍裡，踱到窗邊把那瓶花端進洗手間，把水倒了，拿出那些花，也把它丟到字紙簍裡。

「唉，放了那麼多天，也該換換了，」他自言自語地說：「明早叫懷明再去買一些吧！」

第二天當懷明進了門的時候，他發覺湯世乾竟然就和衣在沙發上睡著了，茶几上的寬口杯在晨曦中顯得孤零零地。

「爸，醒醒，天都亮了哪！」懷明說：「你就這麼等了我一夜嗎？」

一九七六年六月十四日　刊於《中央副刊》

# 牧羊女

踉蹌地跳下公路車時，心裡不禁暗自罵了一聲，真是，什麼時候不來，挑這種時候。

近午十點的小鎮。七月的豔陽，還有那堆似乎是迎接自己而來的小孩把站牌附近的小廣場都占滿了。

那些打球的、跳繩的，還有幾個急急忙忙把香菸捏熄的國中生一下子都用那種好奇而陌生的眼光打量著我。

我最大的弱點就是無法一下子適應一群陌生人，甚至連面對他們也會給我帶來很大的不安。在學校時，就因為這種無端的怯懦，常教自己勉為其難地隱入一種自我封閉的生活方式裡，上鋪的阿博常罵我是「內向害羞型」，我也認了，反正，既不敢去證明自己不是，那只有承認；在我的觀念裡，強辯是最無恥的，做不到的事幹嘛去爭，後果只是強調自己是無能罷了。

摔下軍用旅行袋時，我的臉便又發熱起來，看了看他們一個個那種幸災樂禍的表情，我只好找個藉口似地低下頭解開旅行袋的繩子，想重新把它打緊了；一打開，阿博那張超大的照片卻跑出來，呲牙裂嘴地看著我。

「我說，小子啊，學著去面對大眾，了解社會，把自己武裝起來，要不然十年後我看你還是像林黛玉一樣，終日躲在繡房裡照鏡子，什麼事也弄不出來！」阿博那晚坐在床上喝著我買的啤酒，不停地教訓我的話又遙遙地迴響著。

「別又死後成了水仙！」他最後踢了我一腳說。

「說得是！」我很不是滋味地應他。

畢業後他便服兵役去了，我是第二梯次。長長的三個月空檔夠令人發麻的，於是便抱著一股雄心萬丈的豪氣託一個朋友在這小鎮租了個房間，一來想把學過的東西再回顧一遍，二來便為了「面對大眾，了解社會」這個大前提。

小鎮人情暖，起碼人際關係好搞一點，我當初是這麼想的；能在一個單純的地方給自己建立一點信心，然後才能把這點信心延伸出去；否則甭說別的，就是服兵役時，還真不敢想像一個面紅耳赤、結結巴巴的排長會是怎麼個窩囊相！

而現在？出師未捷竟心先死起來了？

想到這裡自己又罵了一聲，於是我拍拍阿博的臉，鼓起勇氣說：「阿博，瞧著吧，三個月後！」

打緊帶子，我面帶微笑地掃視著他們，然後大聲地說：「嗨！」

他們互相看了看。

「我說，各位小朋友，」他們互相又看了看，一個個都笑起來了；這好辦，笑是「感情」的橋，我趕忙接著說：「幫個忙好嗎？」

靠牆的幾個國中生推拉了一番一齊走了過來，一個個又黑又壯。這一代的孩子長得真好，阿博說的是，要不快點結婚，以後光這個「身高」問題就足叫人打單身一生。

「你們知不知道這在什麼地方！」我把地址簿裡夾著的字條拿給他們看。

「曉得！」中間那個大塊頭說。聲音沙啞，驕傲的尷尬年齡啊！

「領個路如何？」我很「兄弟」地招呼他。

「一句話！」他嘻皮笑臉的說著，旁邊的那兩個已把我的旅行袋扛起來，「你不是前幾天來的人嘛！」

「我請他幫我租的。」

「還好，那傢伙好神，」大塊頭不屑地說：「簡姊說他是大學畢業的小學生。」

我差點替長腿罵出來，堂堂班代，還有人這麼侮蔑他。

「他怎麼個神法？」我好奇地問：「簡姊是誰？」

「不曉得，簡姊說他很囂張地在那兒批評東、批評西，開口閉口都是大學、大學，」大塊頭說：「那小子不知道簡姐也是大學生。」

我差點叫了出來。不用說長腿「不曉得」，我甚至連這種心理準備也沒有，這麼偏僻的小鎮上誰也不會想得到還隱藏著「人物」。

「幾年級了？她。」

「×大化工三年級，」三個異口同聲地說，大塊頭補上一句：「升大四！」

我走著差點亂了步子，不要說她念的是什麼，這種事現在已是見怪不怪，可是就光那個當年盼得要死的校名已足以使我「振聾發聵」。

「她住在那兒？」

「你樓下。」

「我租的是她家？」我震驚地問。

「那不是她家，她……」大塊頭正想說下去，旁邊的那個擠了他一下。

「講嘛，有什麼關係。」我說。

「不行，」那小孩說：「簡姊不高興。」

我現在對他們口中這個「簡姊」忽然產生了很大的興趣，並非為了她的學歷問題，而是從這兩個孩子吞吞吐吐的語氣上聽來似乎有什麼「祕密」在那兒。

「好吧，既然你們都不上道，」我說：「那總該告訴我她是什麼個樣子吧？」

「她喔，散散的。」

「很凶悍。」

「講話像開火車！」大塊頭說完，三個都嘻嘻哈哈地笑。

我正想再問下去時，巷邊陡地轉出一個女孩來，遠遠地就大聲地叫著：「仲明，你們三個又幹什麼壞事去了，快來幫我寄信去！」

三個小孩看看我都笑了起來。

「她？」我望望那女孩說：「簡姊？」

大塊頭點點頭快步地跑過去。我則一邊考慮著見了面該說什麼來著。

大塊頭在那兒比手畫腳地跟她說話，她敲了他一記後向我這頭走來。

「張英賢？」她提高尾音問著，直爽地把手伸出來：「歡迎你來。」

「很榮幸遇到你。」我說：「探聽了一些情報，簡姊？」

「孩子叫的，」她笑著說：「簡美灼，住在你樓下。」三個孩子站在一旁看我們客套，嘻嘻哈哈地在一邊握手學我們的樣子。

「幾歲啦？真沒知識。」她瞪了他們一眼，把信拿給大塊頭：「幫簡姊寄信去，我帶他去。」

「謝啦，」我跟他們揮揮手：「以後別躲著人抽菸啊！」

三個朝我眨眨眼，一溜煙跑開。

「好呀，你們，」她朝著他們的背影大叫：「我告訴你媽去！」

她回頭看了我一眼說：「要我幫你提那一個，大的？小的？」

我把小包包遞給她，扛起旅行袋跟她走。

巷子彎曲而狹窄，但很清潔，很幽靜。

「據說你是×大的？」她笑著問：「大學，我好羨慕。」

好小子，我心裡暗叫了一聲，這大概是「引君入甕」的口袋戰術吧？

「別客氣，簡美灼，」我說：「何必互相刺激嘛！還不同是莫名其妙的虛榮心之下的產物。」

「啊，我要死了我，」她笑著說：「我又被小鬼出賣了！他們還說什麼？」

「大學畢業的小學生……」

「老天，」她笑著用手蒙住臉：「教育失敗，這些傢伙，要好好改造改造！不生氣吧，你。」

「又不是說我。」我笑著說。

「其實那個姓李的也不錯，」她笑著說：「不過有些話氣人，不夠……」

「說嘛！反正他聽不見。」

「成熟；或者可以說很『喳呼』。」

「他吼慣了我這類的小人物，」我說：「我呢？」

「國語太菜了，」她笑著說：「有點不技巧，我是說在某種情況。」

「情況？」

「不不，你別想遠了，我是說方才你在仲明他們面前提抽菸的事。」她正經地說：「雖然那事不好，可是總不要在另一個人面前提是嗎？假如是你……」

我想了想，也對，有時在一些小地方人們總會忘了設身處地想想別人，第一課。

「到了，你的糖屋。」

走完長巷，盡頭是一座小籃球場，圍牆上鮮明的一方公告欄，白顏色的板面貼著一些紅紙，陽光一照閃耀的令人覺得刺眼。

我順著她的手看去，小樓在籃球場的右側，小巧玲瓏，新漆的牆清爽得叫人喜愛。

「糖屋?喔，我還以為是虎姑婆的家。」我故意地幽她一默。

「你氣不死我！」她笑著說。

和房東見了面，又客套了一陣，才開始整理房間。

「你是里長大人的女兒?」我把床鋪挪個方向，她幫我把書和一些雜七雜八的東西往桌上排。

「你說呢?」

「我就是不知道才問你。」我說：「因為這是里長家。」

「我啊，」她指指自己說：「是處處無家處處家！」

說完便走下樓去。我雖然很好奇但也不想再問，人總有保留一點隱私的權利，何況又何必一定要去強挖一些對自己並無好處的事情來增加別人的痛苦?

午睡時被一陣「歌聲」所驚醒。如果說那是「歌聲」的話，那維也納少年合唱團的聲音真當只有天上有了。

小孩尖銳的聲音，那些小鬼低沉沙啞的聲音，女孩捏著嗓子裝出來的聲音，硬和在一塊，加上荒腔走板的拍子把一首「梅花」唱得支離破碎。唱完了還自己鼓掌叫好，我搖搖頭睡意全消，正想拉開窗簾瞧瞧時，那聲音又從地上冒出來，痛苦不堪地：每一個人，都有理想，只是……

我用力地把窗簾拉開，刷地一聲，籃球場上的人都把頭抬起來。場上大約有二十來個人，大的小的圍成一圈，仲明和那兩個小鬼嘴巴張得大大的窮吼，一邊舉手跟我打招呼，她一邊指揮一邊回過頭看著我笑。

唱完了我只好也跟著他們拍手。

「如何？」她大聲地說：「我這個合唱團不賴吧？」

「哎，大豬小豬關一欄！」我回她一句，忍不住笑起來。

「你真氣不死人！」她跺了跺腳回過頭跟那些小孩說：「樓上的客人說你們唱得像豬在吼！」

這一句話引起全場不滿，仲明那邊幾個小鬼站起來跟我扮鬼臉。

「停，停，」她安撫著他們說：「你們本來就不行嘛，還要再好好練，來，昨晚那幾個練歌的請起立！」

圈子裡大約七、八個女娃兒站了起來，她把她們弄了個半月型的隊伍，回過頭用竹棒子指著我說：「聽著，這是特別節目啊！」

「不會又是叫人耳朵長癌的淨化歌曲吧？」

「長癌？」她皺著眉然後一下子又笑著說：「不會吧？看人長啊！」

說完她回過頭去，煞有其事地說：「注意，曲名綿羊山，簡美灼作詞作曲！」

我愣了一下。難得，這年頭也有這種天才，自己作詞作曲教一堆娃兒唱。

她把竹棒一挑，歌聲便跳了出來。

那八個女孩大概是經過一番挑選的，雖然不完美，但聲音卻很醇，很婉轉，更難得是兩部的聲音和得非常純熟和諧。

她輕輕地打著拍子，空拍的時候還輕輕地數著：二、三、四——

歌詞很簡單，雖然不是很講究、很費過心思，但沒有匠氣，有那種即興而歌的美妙。

唱完時我不禁大聲地鼓起掌來，女孩們都不好意思地望著地上，搖著身子。

「如何？」她問。

「棒！」

「瞎捧！」

「真的，我把它錄起來好嗎？」我忽然有這種衝動：「再唱一遍好嗎？」

「可以啊，不過要有代價，」她跟那群人說：「對不對？」

仲明領著那些孩子起哄，把手和腳都舉起來大聲地說：「贊成，贊成！」

「好吧，每人冰棒一根！」

「謝！謝！」又是一陣騷動。

我拿了錄音機和紙筆衝下樓來；她手一比，歌聲復起，這一遍比上回更美妙，聽得連那些小孩都沉靜下來，我飛快把歌詞記下來：

綿羊山上放綿羊，

春深露濕牧草長，

羊兒吃草有我伴，

可憐的娃兒少了娘。

心底事，向誰訴？

無人知，豈可哭？

想一想，哎——有羊為伴還孤獨？

唱完了，她突然又起了音再唱了一回，唱著唱著，我發覺她的眼睛紅了起來，聲音哽咽而激動，又跑過來把我的錄音機關掉，回過頭去深呼吸了幾下。

場子裡的孩子都被她這種舉動嚇呆了。

隔了一會，她擦擦淚跟她們說：「沒事沒事，簡姐跟小寶一樣對不對，真差勁！」

然後回過頭笑著說：「丟人，你看，我被我自己偉大的作品感動得哭！」她特別把「作品」兩個字念得重重地。

小孩們嘻嘻哈哈地吃著冰棒，忘了方才的事；我提著錄音機上樓，坐在床上想了一會，也想不出個所以然來，不過我知道，她有很多心事，這是一定的。

夜晚的小鎮涼爽而幽靜；宿舍那種雜亂燥悶的回憶便遠了；日子真是如此，過了才想抓。

她端著一盤西瓜敲開我的門：「常叔叫我端來的，不要說謝謝，反正他聽不見。」

「常叔是誰？」

「里長大人啊，老天，你租人家房子連房東的姓都不問的啊！」

「我以為他姓簡。」

「哎，我發覺你這個好奇心比求知欲來得強啊。」

「都有吧，我只是弄不懂你們的關係。」

「你不會是警官學校的吧？」她也撿著西瓜吃：「不過也沒什麼，他是我爸的老同事，我住在他家，如此而已，簡單不過。」

「你家呢？」

「沒家。」

「抱歉，抱歉，我不問了。」我笑著說。

「其實也沒什麼，」她說：「我爸死了，一江山你曉得吧，媽是五十八年去世的，那我便只好住在這兒了，常叔老了，我和他作個伴。」

說完她嚼著西瓜，看著我桌上抄的那些歌詞，再也沒說話。我則是後悔得厲害，看她的樣子和她下午的舉止我發覺她是強忍住什麼，總之，我該自己重重地掌個嘴的。

常聽上一代的人說我們這一代問題多，其實問題的形成只在於孩子們的煩惱及困惑無法得到溝通而已。

她答應讓我同她一起來領那糞孩子，和她在一起一久，我發現她比孩子們的父母還能得到孩子們的敬畏，主要的是她肯聽孩子們的意見，甚至還擔當了父母和孩子之間的橋梁。

「在學校裡你是不是也常和一些社團到孤兒院或什麼地方去？」有一天夜裡和她從仲明家回來時，我問她。

「不，我只去過一次就不去了。」她搖搖頭。

「沒興趣？」

「我是充滿你所謂的『興趣』去的，」她坐在籃球架的鐵棍上說：「我們去的時候那些小孩都在院子裡興高采烈的玩，可是一聽到大哥大姊來了卻都收下笑容，機警地衝進教室坐在椅上拉出課本乾瞪著我們，我看到這種情形，便很主觀的想像到先前他們來的時候是什麼樣子。我們通常是愛心有餘，而付出的方式太過呆板，這對施者和受者都不是好事。」

她看了看我說：「也許我有點偏激，不過我知道一個孤獨的孩子需要的是什麼，因為我孤獨過。」

那晚我想了很久，我發覺她的形象隱約地竟侵入我的生活裡，可是我分不清楚、也無法判斷，那是同情抑或所謂的……愛？

日子在孩子們的笑聲與歌聲中飛逝。當那些孩子幾乎都能很熟練地合唱〈綿羊山〉的時候，暑假便差不多過完了。

最後的兩個星期，我們把村裡要進國中的孩子集中起來，教他們基本的英文發音和練習各種字體的字母寫法。

那天午後，我們騎車到小鎮的文具店買了一些英文字帖練習簿，我正付錢的時候，她借用了小店的電話，不知和誰在那兒講個不休，臉色深沉。

我還想追問時，她已跨上車猛踏著走了。夜裡，我把下午這件事記在日記本裡頭，正想好好的推敲一番的時候，常叔敲門進來。

常叔在房裡踱著步子。我移過凳子給他，他搖搖手，還是這樣毫無目的地踱著。他突然停在我跟前，紅著眼睛、壓低了聲音說：「血癌是不是真的沒特效藥？」

「我不清楚，」我訥訥地問：「你說的是……美灼……？」

「真的沒有？」他並沒有應我。

「我不清楚。」我搖搖頭。

「科學不是很進步嗎？」說完常叔便逕自開門出去，樓下傳來美灼和那些孩子的美妙歌聲，悠悠遠遠的ABCDEFG，HI……

我從來不曉得當一個人強裝歡笑時有多痛苦，尤其是面對一個和自己一樣也強裝著歡笑的人的時候。

可是我必須如此。或許美灼知道常叔已跟我提過，然而我們仍然信守這份隱住彼此的默契。

孩子們開學前幾天，我們在籃球場上舉行躲避球比賽，中場的時候美灼昏倒了，孩子們又哭又叫的，仲明滿身大汗氣喘不休，可是卻像一個小大人似的安慰著孩子，一邊幫我扶她進去。

「沒事，簡姐熱昏了，不要堵在門口，」他把一個小女孩抱到簷下輕輕地安慰：「乖，聽話。」

我走出去跟他說讓孩子們繼續玩，他看了我一眼，哨子一吹，比賽便又開始了。

她躺在籐椅上看了看外頭的孩子——那一群在陽光下奔躍歡呼的生命——頭

也不抬地說：「看，真好。」

停了很久又說：「去了一個牧羊的，便又來了一個。」

我心裡在想這一句話她到底考慮了多久？或許她只是一時的感慨，可是無意中便似乎在和這個屬於她的小世界告別，起碼她也肯定了那種對生命的無奈，因為除了常叔，誰又「真正」知道她有病，又是絕症？

孩子們都走進校門去了，她也走進醫院。

替她辦好休學手續重回醫院看她時，她坐在窗前看書，陽光耀眼，可是透過百葉窗進來的卻全變了顏色。

「如何？」她扔下書，是原文的兒童心理學：「好菜，一些專有名詞難查得很！」

「好了，你們班代要我問候你。」

「少哄我，」她笑著把腿架在床尾欄杆上，像沒發生什麼事似的：「我們班上又有幾個認識我的？」

「是嗎？」

「又醜，又孤立不合群，還有……又靜……」

「仲明他們說你講話像火車開動呢！」

「看樣子我只配和小鬼們混在一塊兒了，」她笑著說：「你呢？」

「我學著罷了，沒你那麼精，」我說：「當個牧羊女的助手還可以。」

最後還是沉默下來，我一直在思考著如何講一句話，講一句可以把話題延續下去的話，可是卻想不出來。

不知怎地，我想到死這個問題，而且很幼稚地想到一個活生生的人在死前一剎那會是什麼樣子、會留戀什麼等等荒誕無稽的東西。

「我住了幾天了，」她最後抬起頭說：「奇怪，你怎麼不問我到底生什麼病？」

「好吧，」我說：「你到底有什麼毛病，大好時光躲在醫院裡逃避現實？」

「唔，」她想了想，滿臉笑容地說：「相思病！」

走出醫院時我甚至在想，讓她死去也好，讓一個人壓制著自己，待在一個不適合她的地方又有什麼好處？還不是在殺她，就差沒那麼血濺七步的壯烈罷了，老天我還懷疑她的血會是什麼個顏色？每個血球都是她致命的仇敵，能含蘊千萬個仇敵而依然微笑，比起那些慷慨赴死的可壯烈多了，你想，這可是比從容就義，難上加難。

「去他媽的！」不知怎地，看了看路上的人，我竟罵了出來。

九月底的一個星期天，我還是得走了。

「我看你是白白浪費了這兩三個月，」她說：「什麼屁事也沒弄出來！」

「哈，比你病歪歪地躺在床上要好多了！」我說。

仲明和那幾個大孩子很不滿地瞪著我，緩緩地走過來把她的床邊都佔滿了。

「走到那邊去，」她坐起來揮手趕開那些孩子：「我要看張老哥還敢說什麼？」

孩子們又退到病床的那一頭去。

「說吧，再不說車子趕不上了。」

我只是看著她，很仔細地看她，甚至看清了她太陽穴那些青紫色的血管和臉頰上那幾點雀斑。

「I love you.」我說。

「小鬼，張老哥說他愛你們！」她大聲地向孩子們說著，然後躺下來拉住我擋開孩子們的視線，眼淚便從眼角溢流下來。

我等她放開了手，才走到孩子那兒，跟一個小女孩說：「張老哥走了，唱首歌給老哥聽聽如何？」

小女孩低著頭笑，而她在床上卻鼓鼓掌起了音，我回過來坐在地上，抱著小女孩看著她的手勢，也輕輕地跟他們唱著：

綿羊山上放綿羊，
春深露濕牧草長，
羊兒吃草有我伴，
可憐的娃兒少了娘……

……

一九七六年九月七日　刊於《中央副刊》

# 尋車記

老麥從好夢中醒來時已近十點。

星期天補覺天，睡足了夢也甜；更何況是個難得的大好天，陽光和著微風拂開窗簾進來，滿室漫著幽幽的草香。

春秋多佳日，擁著被翻個身，全身像沒長骨頭似的輕軟；躺著伸懶腰，嗬，嗬，嗯——一屈一伸，皮膚接觸著清爽的床單，肌肉便像沁出汗來似的，一股舒適的熱勁源源而出。

太太不見了，睡衣攤在一旁補了她的位置，推枕下床，棉被可用不著疊，反正午睡用得著，洗漱時故意叮噹地讓臉盆牙杯胡響一通，人一有勁，什麼都充滿樂趣。電鍋裡溫著豆漿，櫥子裡兩套燒餅油條，穿睡衣吃早點，報頭看到報屁股，一路看到底，也沒勞啥子人物來管你，星期天真好！

新竹縣追逐賽得了金牌，自由車，報紙上是這麼說的，自由車是自行車，自行車便是我天天騎著上班的玩意，是電視裡那些廣告片子常用的玩意；秋天賽車，西風滿兜，不得獎吧也詩意，老麥沒頭沒腦地想，我亦有車，選手何人予何人？有為者亦若是！

想想車子，人便興奮起來，赤著腳直奔院子去。腳底下冰冰的可不是霜，只是被西風吹涼的塑膠磚，臺灣少見霜雪，回歸線在嘉義，太陽還有直射的機會哪！早安自行車，車車咧——車車——喲，老麥拉開紗門，用力甩甩頭，再定神一看，你說怎地？車子竟然不見了！單車失竊記？車子不見了，那裡去尋找？……

老麥漫哼了聲，隨即張大了嘴，這下子才全醒過來。

休假日的興頭上，總不能有什麼不順心的事，老麥一邊換衣服一邊整個心便忐忑不安起來，車子是丟不了啦，不過卻是千真萬確的不見了。

就這麼掛著心，老麥再衝到院子時便又仔細地瞧了瞧，這才又發覺門也沒關緊，彈簧門僅輕輕地卡在銅槽上頭，他狐疑地把門關好，低著頭踱了踱，猛然竟發現牆邊那兩盆辛辛苦苦要來的報歲蘭這會兒全翻倒了！靠門的這盆還好，僅弄散了一些蛇木屑，而裡頭那盆竟是支離破碎，慘不忍睹，白淨的花根從裂罅中露出來，在西風裡含怨地搖擺。

老麥愣在一旁仔細地推敲了一陣，最後他想一定是有人牽車子出去，魯莽地撞翻了花，心裡一急便衝出門去，因為只有這樣這些「線索」才連得起來。

但這人絕不會是素貞，知妻莫若夫，一來素貞是從不騎車的，她會騎可是就怕人多，一遇到人群阻道，龍頭便像醉漢似地晃，尖叫代替剎車；何況星期天是她交貨天，中盤商在菜市場，就是打死她也沒這個膽子跨上車的；二來像她那種夜裡點蚊香也擔心火災的小心勁不會出門不鎖門的，至於打破花盆那更不可能，好吧，就算是她打破了，那種性格的女人也一定會急急忙忙地抓掃把把木屑掃掉，而且也不會讓丈夫心愛的盆栽倒在一旁喝西風的，丈夫在她眼裡是主子，是拂逆不得的老爺哪！

不會是素貞那又會是誰？誰能打得開門？老麥愈想便愈發煩躁起來，這並不全因車子不見了的問題，最大的還是那種「百思不解」的心焦。

最後老麥乾脆把門鎖了出去，心裡是巴望著找找素貞把事情問清楚些。

就不能有心事，心事重頭便像千斤重般地抬不起來，只記得鄰人和他招呼，可是他只咧開嘴笑一笑漫哼一聲，而心裡仍是車車車地轉。直到有人在他肩頭重重地拍了一掌，他才猛然抬起頭，也才發現整條小巷正在和煦的陽光下展露著荒誕的色彩；毛巾被、沙發套，窩了一年的厚重的衣物全搶到陽台上來，像賽會迎神的大旗劈劈啪啪地掩蓋了原本醜陋而俗氣的洋灰牆。

「撿了幾張啦？看你這麼個認真樣！」

「好極了，你，老百姓的保姆，」老麥一看清那人原來是派出所的老柯，不禁驚呼出來：「我正要你照顧呢！」

「怎麼？鈔票撿多了內疚？」

「車子丟了，鎖在門裡丟了。」

「車子？」老柯問：「你什麼時候買車的？對了，你連駕照都沒有，敢開車？」

「兩輪的！」

「幾ＣＣ？」

「自行車！」老麥沒好氣地吼：「真是！」

「那怎麼是車！」

「喲！保姆啊，這年頭倒真勢利，自行車不是車，那一毛不是錢啦？」

老柯看他是一本正經地叫，便笑著把雙手搭在他肩上說：「好了，前因後果說來聽聽可以嗎？」

老麥瞪了瞪他，才平下氣來把大略的情形說了一遍。

「這倒離奇，」老柯搖搖頭說：「這樣好了，等嫂夫人回來後你仔細問問，如果說真丟了我們查查看，你知道這不但是偷車，而且是擅入民宅，罪名倒不少呢！」

「也罷，反正瞧你們的，」老麥說：「小時候常聽你說長大了當警察抓強盜，這下子你可逮到機會了！」

「是您老兄賜與的，」老柯笑著推著車轉了身，沒幾步卻又回頭說：「對了，如果沒找到我送你一部好了，後院子雞舍那頭有一部閒了些時候，只要換個車胎，換個車身，重新買個齒輪鏈條便可以騎了！」

老麥原本已又低下頭，一聽到這話便又抬起頭來，而老柯卻已騎著車一溜煙轉進另一條弄堂去了。

秋陽暖烘烘的，老麥胡走了一圈後定下身把上衣脫掉，這才發覺不知怎地也沒往菜市場去，反而走到基隆河旁這段碎石子路上來了。溪旁的荻花像軟綿綿的雲，夾著溪水柔和地波動著；空氣中沒有小巷裡頭那種煙煤的酸味，倒是和著清新的土腥，有一種生氣盎然的勁道。

天藍得令人覺得刺眼，而橋底湍湍的水面竟也有另一頂藍天。溪旁的沙洲上新闢了菜園，白菜的幼苗泛著嫩綠，風一吹過，便翻起一道淺淺的綠波，緩緩地向遠方泛去。

老麥站在橋上看了看，心裡便舒服多了，最後他乾脆在欄杆上坐了下來。風由橋頭那個緩斜的聲侵襲而來，捲起漫天荻花的芒毛，徐徐地散向四方，老麥出神地看著，他發覺這種美妙的的感受離他是很遙遠的了；在記憶的深處中，他依稀記得自己也曾經浮在這一遍和風煦日之中；所不同的是，現在的風裡竟有成長後那種引人傷感的味道，彷彿在這一遍熟悉的土地裡隱藏著某些心底難忘的回憶，而卻一直沒有那種勇氣去喚醒它。

孩子們的笑聲在風裡愉悅地迴蕩著，童音竟是那麼美好祥和呢，老麥想，正如素貞有一回在臥榻上曾說過的，她最喜歡看老人的笑、聽小孩的歌聲；「老人的笑可以看出逝去的時光裡那些美妙而且令人眷戀的影像，小孩的歌聲可以聽出他們對未來生命的喜悅，總之，生命是美滿的。」

素貞是對的。當白髮之時回顧走過的腳步猶能微笑，那生命便值得謳歌。

「弟——小心——」山坡上孩子的呼聲，夾著歡樂的笑悠悠傳來。

「弟——小心——」

「哥！」老麥突然站了起來，忘情地又叫了聲：「哥——」

荻花依舊飄浮，溪水潺潺而流。

「哥——」老麥把衣服往地上一甩，眼裡突然迸出熱淚，他轉過身來面對山坡沙啞地叫著。

山坡上正零落著一些小孩，花衣服在短短的綠草上像跳躍的音符。呼聲是從那幾部順著山坡下滑的自行車中傳來的；車子急速地溜轉下山，衝過平坦而鬆軟的沙土緩緩停住，然後兩人協力把車子推上山坡，周而復始地享受那種心驚而愉悅的滋味。

「哥，我下來幫你推！」小孩嫩嫩地傳來。

「不要，你的腿不方便，哥推就好！」

「好——吧，」小孩說：「哥，加油。」

老麥怔怔地望著那部落後的車子；後座的小孩腿部閃爍著金屬的亮光，雙手緊扶著座墊，身體使勁地前後擺動，似乎想助那推車的孩子一臂之力。

橋頭離山坡尚有一段距離，而彷彿來自記憶的深處，老麥竟隱約地聽到那推車的小孩沉重而又急促的喘息，清晰地看到他後腦勺淡青色的頭皮間緩緩泌出的汗濕，和頸上那截磨得起毛的卡其服。

「哥！」老麥低沉地叫了聲，然後大哥的影子便由山坡頂上乘風而下，拖著古遠的年代裡的山坡、沙洲、荻花和萬古恆存的秋陽幽幽而來。

那年代是一樁悲劇：尤其是自父親在那場礦坑災變殘廢後更是淒涼。爸失去了腿，家也失去一切，離開工寮對老麥來說便離開所有歡笑，畢竟，除了大哥便再也沒有其他玩伴了，有的只是烏黑荒蕪的沙洲，和充滿柏油味道的小木屋。

「爸喝酒並不快樂，你看，要不然他怎麼不像叔叔他們邊喝邊唱歌？」老麥那時是不懂的，厭惡爸喝醉的樣子；大哥只大他三歲，可卻知道很多。

老麥只知道爸一喝醉便會順手撈起棍子叫他們跪著，邊含糊地吼著邊抽打他們，而大哥總是拉著自己的手，含著淚輕輕地說：「忍著不要跑，要不然爸的腿一追起我們又會疼的。」

夜裡，沙洲的風捲著石粒撲打在鐵皮屋頂，廚房燈光昏黃，大哥伸著顫抖的手把紅藥膏塗在老麥佈滿一道道瘀血的裂傷的小腿，手背仍是一道道紫痕。「我們長大做了官一定對那些殘廢的礦工很好，給他們很多錢，叫他們不要心煩打孩子。」大哥暗暗地說。

經常夜夢中被父親凶狠的臉孔嚇醒，忍不住嚶嚶地哭，這時總伸來大哥溫溫的手臂，充滿睡意說：「不要哭，要不然媽在工廠那邊會睡不著，她耳朵會癢。」

哥是自己童年的影子，老麥知道，需要他時，他總會微笑著來。

那年颱風之夜，沙洲上竟擱著一部半新的自行車，好久也沒人來要，哥一放學便躲著父親學，沒多久便學會了，於是那年秋天的假日便像童話裡的夢境；大哥載著他從山坡上輕溜下來，耳邊風聲呼嘯，頭頂秋日溫煦，車子越過一些土堆時的顛簸令人有一種飛翔的快感，望著溪水遠處的藍天，老麥有時竟會遐想著這麼一飛不回，讓哥載著，遠遠離開父親，離開酒味盈鼻的木屋。

小孩的夢境海闊天空，何況有大哥在，什麼都可能，大哥的嘴裡沒有「不」字。

車子滑下山坡在沙洲停住，別人總是下來推車，而自己卻無論如何也不肯。

「你會把你哥累死！」有人說。

「我弟弟身體不好！」大哥總是這麼說。

「他的肉比你多！」

「可是……」大哥抹了一把汗：「可是我力氣比他大！」

第二年暑假他們仍這麼玩著，可是有一天哥哥推到一半竟讓整部車滑倒下來。哥氣喘不停，豔陽下的臉卻蒼白得像年年山坡上的荻花，兩人坐在地上默然無語。

「弟，你要學著自己騎，要不然哥再也推不動你！」

那日，老麥才知道哥哥並非萬能，有朝一日畢竟會捨他而去，去時誰能推自己上山？於是那年秋天，他便能騎著車在荒蕪的沙洲穿梭，望著哥著急的表情開懷大笑。

車輪飛轉，輾碎日子，輾去另一季荻花。

當自己長得和大哥一樣高那年的夏季，大哥把畢業典禮領到的縣長獎半夜塞在他手裡。

「你用得著，我是再也用不著，」大哥說：「有空，用這筆寫信給我！」

第二天清早醒來大哥便真的捨自己而去，炸藥箱做成的衣櫥裡再也沒有大哥磨破領子的卡其服；能證明大哥仍在左右的只是每月初沾滿鐵銹和油漬的信紙。山坡上嘶聲大喊也喊不回哥的影子，車前車後哥的喘息卻依舊充耳可聞。

大哥離家對父親是一種刺激，有一天老麥放學回來，竟看到父親刮淨了鬍子，跛著腳拉著車在小村裡環繞，車子擺滿醬菜，嘴唇緊抿，手裡銅鈴輕響，不知怎地，自己便激動地飛奔過去，夕陽中父子的影子竟那麼懵懵地疊在一起；父親叫賣的聲音沙啞溫和。

「我聽得見！」大哥在信上說。

「哥，快回來！」山坡上那個跛足的小孩坐在地上，朝山坡下大聲地喊：「不要把我扔在這裡嘛！」

「謝平安那天我會回來，弟，你要什麼？」哥在信上說。

回來陪我騎車，老麥那時只是這麼巴望著，家裡怎麼永遠少了個人？找回了父親，哥卻不見了。

「去跟外公借些錢吧，」有一天早上爸在餐桌上說：「拜拜快到了。」

老麥皺著眉把一碗飯胡亂地扒下肚去，飯裡有外公嚴厲的臉孔，和阿姨們那種鄙夷的笑容。

「總不能讓你哥哥回來，看到我們的寒酸樣，又傷心地走吧？」媽幫他把皮帶調好：「外公問起，就說爸忙媽也忙！」

「也不曉得這些年，你媽的日子是怎麼過的，」外公把錢塞在破玻璃絲襪裡，緊緊地綁在他的腰間，仔細地把衣服掩住它：「你爸媽問起，就說是外公跟鄰居借的，利息錢也要計點給人。」

臨走外公拿了盒金棗糕給他：「也不知道什麼時候你爸會把錢送來喔？」

「哥會還！」老麥掙脫他的手跳上火車，眼睛竟不爭氣的發疼。只是為了哥會回來，外公的話也可以不聽的，老麥最後想。

謝平安那日，老麥坐在屋前看著大哥由橋端走來。

半年了，大哥仍是那套卡其服，只是清秀的臉孔竟完全走了樣，頭髮參差，臉色灰沈，左頰上甚至還有一道傷痕。

「哥給你買了些書。」哥的聲音也變了，喑啞而遲緩，「急急地買了，也沒好好選。」

期待了半年，老麥喚回的竟是另一個男孩，大哥是死了，隨著夏日的烏雲驟雨。

食客洶湧，爸媽忙著裡外，老麥坐在石頭上，手無意識地轉動著腳踏，讓車輪呼呼地空轉，哥坐在另一端緊抿著嘴看著他，最後老麥竟像滿腹委屈似地，不由地想哭。

「我們騎車去好嗎？」大哥最後緩緩地走過來說。

車子推上山坡，西風緊緊地吹著，風中有一股熱鬧時節的香燭味，而天空竟卻那麼昏沈不開。

車子下滑，速度逐漸增快，老麥的手卻直直地垂著；車子越過土堆時老麥忘了把腳提起來，腳板狠狠地戳上土堆，車子便翻倒下來。

老麥坐在地上，用力地搓著腳，搓著搓著，最後便忘情地哭了起來。

「你別哭了行嗎？」大哥把車子扶好走過來說。

大哥是死了，隨著夏日驟雨。

「不要哭了！」大哥最後大聲地吼道，然後坐在他的面前，老麥看著他激動的臉便真止住了哭。

「這點傷也哭嗎？」大哥突然也迸出眼淚，輕輕地撩起褲管，老麥發現大哥的手竟是那麼粗糙而烏黑，皮膚上像染上一層刷不掉的鐵銹：「看看這些傷，木條的日子過了，現在換鐵條！」

「弟，你不知道，我等了半年，多想讓我們多說說話，多想和爸媽說說話……」

哥講完便扶著車子走了，老麥坐在地上看著他去。回到家時，大哥正端著米粉坐在簷下吃，屋裡仍然人潮洶湧。

「你們騎車去了嗎？」媽聽見他進來，頭也沒抬，只顧著炒菜。

「你們跌倒了，嗯？」

「我看到了，」媽輕輕地說：「是你沒把腳提起來。」

「長大了，自己都不知道哪！」

哥端著碗進來，在水缸旁洗。

「我來洗好了，放著吧。」媽說。

哥面無表情地把碗放了回去，從口袋裡掏出一個潔白的信封，伸手遞給媽：

「媽，我得走了。」

媽頭也沒回地捏著信封說：「留著自己……」

「弟，再見。」哥哥別過頭去，伸手拂過老麥的肩。

「能不去，就……」媽說。

「媽……」哥說：「走了。」

老麥隨著他出來，爸端著酒面向著客人，而眼睛卻看著大哥。大哥望了他一會便大步走出門去，爸連和客人招呼也沒有，一口乾掉那杯酒。

大哥走過自行車，老麥追了幾步，大哥停下來看看他，猛然轉過頭大步跑了，老麥蒙住臉，低著頭避開媽在廚房裡的影子便從窗下往山坡那方跑去，而還沒到山坡，卻就忍不住哭出了聲。

那夜裡老麥躺在床上想他，甚至急躁地搜尋著大哥以前的面孔、語調，而末了卻依舊是那個落寞、烏黑、語調遲緩、眼神呆滯的男孩；媽說過的，也許我們是真的長大了，我心裡的大哥已長成另一個人，自己也長大到不提起腳便會碰到土堆的時候了，老麥睡意朦朧地想，大哥心裡會不會還有我的樣子？自行車的愉悅遠囉！是遠囉，隨著夏日清晨大哥遠去的足音，隨著山坡漫天飛揚的荻花的芒毛。

老麥抬起頭，山坡下的孩子現在都聚在一塊大聲喧嚷著什麼似的，外衣全脫下了，把車子掛的五彩繽紛；孩提時代的手足之情到了一旦各自長成之後能否仍那麼教人眷戀？但不管如何，現在想起來大哥給他的愛卻是源遠流長的，也許這份愛是歷經最辛酸的時光，且曾被他們倆在即將瞬逝的剎那牢牢地握住。

那年春節大哥沒有回來。不過老麥卻也不見得更難過，春節對他們來說本就是平常的另一天而已，何況老麥早已習慣了那種破碎的團圓；以往年夜飯是媽在工廠值夜，爸爛醉在床，哥哥把兩份碗筷擺在桌上，兩兄弟聽著遠方的爆竹默然地吃；那年則是媽擺了一份碗筷在哥的位置上，三個人默然地吃。

隔年春天爸得肝病入院，媽則在醫院陪他。

春日的夜裡總是教人有一種黏濕的感覺，空木屋浸淫在孤寂和微微燥熱的空氣裡，有一夜，哥回來了。

「爸媽呢？」大哥伸手扭亮燈光問。老麥抬起頭來看他，昏黃的燈下哥竟臃腫得可怕，眼睛僅剩下一條微縫，鼻子、嘴唇全像蔓長的異物，那麼鬆散地掛在臉龐。

「爸入院，媽陪他去了。」

哥聽了背過身去也沒說什麼，拉過椅子坐了，把頭伏在桌上。隔了好久，老麥才聽到他洗臉的聲音，接著熄燈，床鋪微微地動了下。

「好久沒一起睡了。」朦朧中，哥的聲音沙沙地響。

翌晨，老麥也沒聽見什麼，而哥卻早走了。

哥再回來時已是盛夏，溪水冷冽而清澈，當兩個人坐在石頭上同握住一根釣竿時，天地一片靜謐，水中也有兩個併坐的影子，風吹過大哥長長的頭髮，竟響著一種奇妙的、像往年木屋的冬日，那種傷感的嘶嘶風聲。

魚兒上鈎，兩人只機械地把它取下來，大哥有時會握著它讓它的尾巴在陽光下閃著銀光；老麥知道，魚只是哥晚餐的盤子上那道不加鹽、除了土腥之外嚼不出滋味的菜餚；哥握住它就像握住自己，僅是握住一個在生命邊緣的小軀體。

盛夏的山坡翠綠而涼爽，黃昏兩人默默不語地坐著，等待父親拉著車子的身軀，顛顛頓頓地從橋頭帶著夕陽歸來。

最後，哥哥靜靜地躺在廳邊的木板床上。

媽拿著薄荷冰在他太陽穴上輕輕地揉：「有什麼要說的嗎？嗯？」

「弟，」眼淚從哥眼角溢流出來，手輕輕地擱在老麥的膝上：「車……」哥最後掀開唇，微微地笑著說。那時日，荻花復開，竟又是另一個年頭。涉過最沉默的一季，享有最熱切的情感，老麥揮手向自行車、向童年告別；生命瞬逝，愛心長存，這是大哥用短暫的生命告訴他的。

老麥搖搖頭站了起來，揉揉眼睛，長長地吐了一口氣，這才發覺秋日的中午竟也這麼炙熱起來，孩子們都走了，沿看山坡邊新闢的道路拖著尖尖嫩嫩的歌聲向村子那端飛馳而去，山坡、沙洲，再也沒一個人影了。

他把頭偏過去，看著舊日木屋約略的位置，而廣闊的沙洲只是一片暗灰，再也尋不出一絲蹤跡。十幾年是這麼沉沉而過，而這片天地竟也被遺忘了十幾年；每年除了祭掃三個墳墓以外，就再也沒在橋上走過，而掃墓時便又是另一番心情，彷彿只是面對三塊石碑，紙灰飛揚時輕呼著：爸、媽，還有哥；此外，童年的記憶，辛酸的舊事便被安穩的日子草草埋葬了。

小村的屋子已由橋的那頭向這邊逐漸侵蝕過來，有一天，沙洲、山坡又會成為另一方水泥、另一棟樓房。真的，除了深沁心底的愛以外，又有何物能召回那許多親人？

走了回來，老麥就這麼低著頭冥冥地想，連腳步也沉滯不開似的。

「麥先生！」自行車的鈴子叮噹的響了聲：「麥先生。」

老麥抬起頭，發覺那個專門收發電子零件給村裡婦人們做的中盤商正對著他笑，後座的大紙箱正是他的標記。

「散步啊？」

「找素貞去，也沒想到就這麼踱過來。」

「麥太太剛在我那兒，也還聊了一陣呢，」那人看著老麥，誠懇地說：「麥先生，問你個問題，你不生氣吧？」

「怎會呢？」老麥說。

「結婚了那麼些年，夫妻倆怎不生個孩子？」那人看老麥沒答腔便接著說：「你知道村裡的女人每到我那兒，就追著麥太太問。」

「素貞怎麼說？」

「麥太太人客氣，她只說什麼怕生出來養不起什麼的，其實看麥太太的樣子她是巴望著有個孩子呢！」

「這是真的。」

「麥先生，」那人說：「我們家鄉有句土話，怎講我忘了，鄉下人常常用來跟一些沒生兒女的人說。意思是父母生你養你，別人疼你照顧你，如果不能把這份情延續下去，那便枉費了那一些人給你的情意，土話啦，不過想想也有道理不是嗎？」

老麥看看他，想想每日下班素貞在廳裡裝配著零件時那單薄的身影，竟茫然起來。

「今早麥太太來，屋裡那些女人又七嘴八舌地數落她，最後麥太太才說這是你的意思，她說也許是你小時候家裡苦，弄得家人零零落落的，於是怕以後你不能照顧孩子，讓孩子也和你小時一樣……」那人拍拍老麥的肩說：「麥先生，你想想，這怎麼會？」

「我走了，」那人看老麥好久也沒答腔便又說：「這些話我們這裡說這裡了，我只是在一旁聽了覺得這麼對麥太太不太公平，恰好遇到你所以跟你說了，麥太太是好女人，你回去時可別……」

「不會的，」老麥抬起頭說：「幾年夫妻了！」

「這就好，我倒是巴望著那一天能吃你們的紅蛋，就算麥太太那雙伶俐的手停上個把月，我少一點收入也願意喔！」

那人說完踏著車子咔咔地走了，那聲音就像素貞把那些小鐵片插進零件的縫裡，然後輕輕地在三合板上敲緊的聲音。

老麥只知道素貞這麼敲敲打打敲出了電扇，敲出了小冰箱，敲出了自己所不足的薪水，可是怎麼也想不通那沉默而辛勤的女人竟能看出自己內心深隱的畏懼，而沒有怨言地接受自己的固執。幾年來，一有空就在膝上放塊板子這麼敲敲打打，老麥呢？只能看到她的手這麼動著，而那低垂的腦子裡可有多少話想同自己說呢！

素貞，素貞，老麥想著想著突然便埋怨起自己來了。

菜市場人群稀疏了些，老柯正勸那些小販把竹簍子往路側移，看到老麥走來便迎了上去，而突然卻止住了笑，抓著老麥的肩晃了晃說：「我說老麥，幾歲的人了，丟部車子不會讓你這麼哭紅了眼睛吧？」

老麥不想理他，只是這才想起車子的事。

「嫂子怎麼說？」

「我還沒碰到她呢！」

「我倒碰到了，只是一忙也忘了問，」老何說：「對了，今午加菜，我看嫂子提了塊豬肝。」

「她今早交貨大概領了錢。」

「說的是嘛，誰像你老麥有個好老婆，一個星期賺上五、六百，丟部車子算什麼，個把月不就可買部新的！」

「這什麼話？」

「實話！」老柯攤著手笑：「快滾，家裡豬肝湯熱熱的，別像我忙了一早，回去還得自己炒飯吃。」

老麥沒把話聽完便走了，回到家輕輕地把門打開，廳裡又傳出咔咔的聲音。花盆又完好如初，長長的葉子閃著綠光，車子仍在它的位置上，只是輪胎上竟有沙洲那頭特有的灰泥，鏈條還夾著幾根萎軟了的蘆葦葉子。

老麥走進門去，素貞抬起頭來笑著說：「懶鬼，你睡到幾點？」

老麥沒理她，只是怔怔地看著她含笑的臉，看到最後，連她的臉龐也矇矓起來。

「幹什麼嘛你，」素貞不自在地伸出手在臉上抹了抹。

老麥把衣服丟在椅上，擁著她，素貞吃了一驚顛了幾步，手從老麥的腋下僵直地伸出來，也不敢碰他。

「今天領了多少錢？」老麥在她耳畔啞啞地問。

「伍佰貳拾幾吧，幹什麼……」

「素貞，你說一個小孩一個星期的奶粉要多少錢？」

素貞抬起頭看他，手緩緩地附在他背上，紅著臉說：「盡夠了，擔心啥？」

「去把豬肝湯熱熱，吃飯吧！」老麥推開她，揉揉她的頭說。

素貞把木板推到一旁轉身就走，忽然回過頭說：「你怎麼知道我買豬肝？」

「知妻莫若夫！」

「鬼——」她笑著進到廚房去了，老麥拿起那些零件瞧瞧，也試不出個方法來。

「喂——」素貞在廚房裡說：「早上你有沒有找車子？」

「找了。」

「唉，我在門口遇到樓上剛搬來那家的孩子，那大哥說要借車子載他弟弟去兜風……」

「唔。」老麥還是沒把鐵片裝上去。

「那小弟弟小兒麻痺呢，好可憐，他大哥更可愛，你知道嗎？」素貞盡顧著說，聲音裡充滿幸福：「我懶得再走回來，你知道手裡東西又重又沒地方放，所以我就把鑰匙交給他，叫他出來時就放在門楣上，對了，他有沒把門關好？」

「關了。」

「還好，那孩子把花盆都打翻了呢！」

「唔，」老麥忽然笑著問：「有沒打破？」

「沒有，」素貞頓了一下說：「你沒看到嗎？只弄翻了而已，那大哥好可愛，剛剛還甜甜呼呼地叫麥阿姨呢！」

老麥終於裝上了鐵片，滿意地咔了幾下，便推開門去，也不知道為什麼就伸出手按住腳踏用力地轉了幾圈，輪子呼啦呼啦地飛轉起來，車胎上的灰泥卻都掉了下來，在乾淨的水泥地上留下了幾點暗暗的顏色。

一九七六年十一月二十三日　刊於《中央副刊》

# 醫者

十一點不到，門診部竟已空無一人。工友把打蠟機往牆邊一靠，拖過掃把，吹著口哨，呼啦啦兩三下子便把走道上的菸蒂、小棉球推到一旁去。

「週末小禮拜，」值班護士說：「嗯——偷得浮生半日閒！」

「嗒你馬好啊，」掛號小姐把「掛號時間已過」的木牌子拿在手上晃，閒閒地應她：「要不是常醫師看門診，我看妳還不是和平常一樣焦頭爛額的一副晚娘面孔，還給我吟詩呢！人就不能讓他舒服，一舒服起來，什麼都可以丟到一邊去……」

「妳有完沒完，看妳還不是一樣，對了，」護士低下頭嘻皮笑臉地說：「那天常醫師離開門診的時候我們給他一塊大匾額如何？」

「幹嘛？又是大國手惠存，華陀再世，妙手回春？」

「我還妙手空空呢，」護士說：「上面四個大字是嘉惠同仁，旁邊說明是：啊，常醫師，要不是你的病人特少，知名度不高，讓我們有這麼多愉快的週末，我們早就成了你的病人了！我們永遠懷念你的風範，你那種『沉默是金』的處世態度，啊！常……」

「夠了吧，」掛號小姐看看她半眯著眼一派真誠的樣子早笑得彎不起腰：「欺人太甚啊！我看不如乾脆寫『沉默是金』算了，讓以後跟他的人也幸福！」

「對了，對了，那時一定有人送我們匾額，四個字一定是……」

「晚娘面孔，」掛號小姐打斷她的話說：「要不然『把伊踢死』。」

「妳不要賣弄好不好，無聊嘛！」

「唷，人家這可是老馬說的。」掛號小姐朝那工友招招手，忍俊不住地嚷：「老馬，老馬，你說，護士的尊稱是什麼？」

工友站在那兒愣了一會，突然正經八百地說：「把伊踢死嘛，是把伊踢死嘛！」

「聽到沒有？聽……」掛號小姐笑得渾身亂顫，老馬莫名其妙地看看她又去掃地，把護士的叫罵留在掛號室裡迴響。

「踢吧，踢吧，」護士最後幸災樂禍地說：「生意這下子可給妳踢上門了，都是妳沒事幹破壞風水！」

「差兩分十一點，這年頭的人可真會利用時間！」掛號小姐的笑容一下子便凍住了，把手抬得老高，一塊木牌子在櫃台上格啷格啷敲。

「小姐，小姐……」那老人把一雙黑褐色，滿是割傷痕跡的手伸進窗口，怯怯地叫。

「來過沒有？」

「沒有，我是說……」

「那掛初診，七十塊，把這張單子填填！」

「小姐，我是說……」

「喂，我先帶他進去看算了，等出來再付錢節省時間，反正常醫師也閒著，妳先把收據寫好。」護士朝她說。

「也有道理，」她笑笑說了，又朝外頭嚷：「你先進去看，出來再付帳。」

「小姐，妳聽我說嘛……」那老人焦急地看看她說。

「走吧，病人是那位？」護士踱了出去，這才發現老人身旁還有個孩子，全身浮腫地癱在廊柱旁，她皺皺眉說：「是他？走吧。」

老人一邊回頭看著掛號檯，一邊便小心翼翼地把小孩抱起來，跟著護士潔白的身影走著，一邊用袖子揩揩小孩臉上的黑漬。

十二點鐘響過了一會，常醫師才推開門出來，一邊和老人談著話，一邊幫老人把厚厚的玻璃門推開送他們出去。

掛號小姐掀開簾子，剛好看到常醫師推門，便趕忙把粉盒一扔，沒命地叫：「常醫師、常醫師，他們還沒付帳，常醫師！」

語音未落，常醫師瘦削的身子已朝這兒晃了回來，臉上依舊是毫無表情，若無其事的樣子。

「常醫師，他們還沒付錢呢？」她一衝出掛號室便朝著他嚷。

「喔。」常醫師說：「多少？」一邊便在口袋裡掏著。

「你幫他付？」

他點點頭。

「沒處方？」

他搖搖頭。

「那七十元。」掛號小姐把手從小窗口伸進去，拿出幾張紅紅白白的單據給他，常醫師看也沒看，揉了揉往字紙簍一扔，回頭便走了。

「常醫師，他是你朋友啊？」

「親戚。」他頭也沒回地應。

護士抱著一疊病歷從初診室出來，牽強地朝他笑著說：「再見啊，週末愉快！」一邊伸手把帽子扯下，往掛號室跑來。

「快快，幫我把外衣拿來，真是，一個病人看了個把鐘頭，餓死快了。」

「妳不換衣服？」

「來不及了，趕車。」護士說著把病歷擺進櫥櫃，把鞋子往櫃子下踢。

「嘿，剛剛那老頭是常醫師的親戚吧！」掛號小姐拿著大衣站在她後頭說。

「是又怎樣？」

「月入數萬的醫生竟有這種窮酸的親戚，那孩子不知病了多久了，難道他都不知道？而且連處方也沒開。」

「妳知道個什麼？」護士一面梳頭一面說：「我剛剛在門外聽到他說什麼我家你家，我看他八成又把病人往自己家裡拉了！」

「看不出來，那種人在醫院裡沒病人原來都往自己家裡送。」

「可不是，」護士說：「走吧，那一天看不開的話可以到稅捐處那兒告他一狀。」

「人心不古，世風日下，真是。」掛號小姐朝她揮揮手說：「星期一見，擺擺，對了，別忘了星期一早上服幾粒鎮靜劑。」

「去去！」

常醫師回到家時，他太太正盛裝出門，一見到他走近，便擺出茶壺形的姿態來，逕自尖銳地嚷：「你呀——總算回來了嗯？你看你，在外面吃飽了就不管全家大小在等你吃飯，電話全斷了線還是下雨又不通了？連個電話也不打！要不然吃飽喝足了，也該叫部計程車趕回來！看看，現在幾點了？你還在那兒給我飯後百步走，活到九十九！我就——是不懂，你們男人怎麼這麼死心眼？自己舒服就不管別人死活！」

「別又輸了。」常醫師從她身邊繞過去推門。

「輸？你別咒我，看看你，有幾個錢讓我輸？同期的都已經科主任了，你還是個領乾薪的主治醫師，看看人家那些開業的，不啦，就西藥房阿吉就好了，人家起碼也『跑天下』起來了，你呢，你呢，丟人現眼地走路，知道的人好，不知道的人還以為我們裝死裝活避人耳目呢，輸？也不害臊！」這麼又嚷了一陣，女人才問：「下午去那兒？沒事的話幫我把會錢給送送。」

「釣魚去。」說著常醫師便把門嗒地攏上，女人在外頭呼天搶地的。

「先生，先生，」女傭一邊在圍兜上擦著手，一邊驚惶地跑出來說：「先生娘在叫門？」

「不是，」常醫師往沙發上一躺拿起報紙說：「她叫妳炒盤飯給我，多加點鹽。」

常醫師走進西藥房時，老闆正把針筒從病人的靜脈裡抽出來：「坐坐，常醫師，大駕光臨蓬蓽生輝，怎麼，近來忙不忙？」說著把香菸從櫃檯上撥了過來，一邊又拉開抽屜拿出一支塑膠針筒裝藥。

「給我拿些藥。」常醫師在白紙上寫了一些藥名說。

「就來，」阿吉說著突然走到跟前說：「請教一件事，這老大有事沒事常肚子脹，肚子疼，這打了將近一個星期藥還是只止痛沒斷根，怎麼？幫我瞧瞧。」

常醫師把聽筒從阿吉的脖子上取了下來，拿了張紙把耳塞上的耳屎擦擦才仔細地撩開那人的衣服，在油膩膩的肚皮上仔細地聽了聽。

「照照胃鏡去。」常醫師最後把聽筒還給他，拿了藥便走了，走了幾步又說：「到海口去幾點有車？」

「馬上就有了，幹嘛去？」

「釣魚。」

「釣魚？釣竿呢？」

「喔……」常醫師看看錶說：「借去。」

「胃鏡是什麼？」病人的手臂又捱了一針，喃喃的問。

「胃鏡？哎喔，這些大醫生就不知道你我這些賺吃人的痛苦，一開口就是大治療，這種小小的病也要照胃鏡，殺雞用牛刀嘛！」

「胃鏡怎麼照？貴不貴？」病人不死心地問。

「胃鏡就是把鏡子伸進胃裡去，人站在外面看，你說，這種大技術怎能不貴，一次最便宜的也要兩三萬哪！」

「買命！買棺材都沒錢了，還胃鏡，算了阿吉，打幾針止止痛就好了。」

「嘸是啥！」

常醫師幫那孩子打了針，又拿了藥給老人教他怎麼餵小孩吃什麼的，隔了一會才發覺屋裡全是魚腥，屋簷下的小魚乾被乍現的陽光一晒，散發出令人難忍的味道。

內側黝黑的小房間裡閃著燭光，他走近了瞧瞧便拿了靈桌上的香點了，朝著那張年輕又純樸的男人遺照拜了拜，老人一直跟在他身後喃喃自語：「官廳不壞，還能體諒我們這些可憐人，免費吃藥又打針，先生啊，你回去啊跟那些先生說，我這老頭下輩子做牛做馬都會報答他們。」

「好，」常醫師回頭跟老人說：「多照顧照顧他，吃的東西特別注意禁忌，我下星期再來，對了，這就是出海翻船的兒子？」

「是喔，沒良心的兒子喔，放了個小孩讓我拖，還讓太太給人拐走了，沒有用，沒靈性喔，那天非去敲敲他的棺材頭不行喔！」

「總會有出頭的一天啊，」常醫師摸摸孩子的頭說：「別吵阿公，嗯？那一天好了，伯伯帶你到我家玩。」

常醫師走到了小路盡頭，老人才恍然大悟地衝出去說：「先生，先生，你貴姓啊？」

常醫師沒回頭，倒是里幹事騎著車衝了過來：「稅單，這期的，早點去納納。你問誰貴姓？」

老人拿著紙上看下看了一陣才指指遠方說：「那個先生，來替我阿孫打針，走了也忘了問他姓什麼！」

「他來你家幫你阿孫打針？」里幹事一字字地問：「他拿了多少錢？」

「錢？別提錢了，」老人滿眼熱淚地說：「要付啊，付不起啊，從去大醫院那天開始就……他這人啊……哎！」

「我認識他，我認識他，他姓常，」里幹事說完跳上車飛也似地踩了起來，一邊迎著風說：「這些醫生敲竹槓竟敲到這地方來了！」

星期天常醫師倒不習慣睡懶覺。起了床他先到菜市場買了條大黃魚往冰箱一擱，從儲藏室裡挖出釣竿拿到水龍頭沖了沖，把灰塵弄乾淨了，看了將近百頁的Current Therapy 1976，女人才回來。睡眼惺忪、滿臉油光，開門時已是一副筋疲力盡的樣子，而進得門來卻又是叫陣先鋒般地威武：「書、書、書，我都是被你給看輸了，整夜沒和一副牌不打緊，不是放銃就做相公，都是你，昨天好好的一出門就被你這雙臭嘴給嚷壞了！……」

「太太，」常醫師頭也沒抬地說：「熬夜對肝臟有害，睡去吧！」

女人本想再叫，被這麼軟軟的話一擋倒也興不起火頭來，便逕自開冰箱喝水去了。一邊才聽到骨碌骨碌地倒水聲一邊竟又平地雷起：「說，那來這麼一大條黃魚，要多少錢啊？你是什麼？乞丐身皇帝命啊？」

「釣的。」

「鬼才相信，你也有這種狗運，海邊一坐就有黃魚上鈎……」她一邊把水濺得一地，一邊又去開門：「來啦，來啦，指頭痲痺了是不是，電鈴會燒壞啦，來啦——」

門外一陣聒噪之後，女人興沖沖地奔了進來，猛扯著常醫師的肩說：「走運啦，衛生局的人來找你，說是來請教的！」

常醫師一抬頭，兩個西裝筆挺的人早進了來，臉上堆滿笑容說：「您是常醫師？我是衛生局的人，早上有人到局長那兒報告說是您到海邊去看病，手續及方法上有點……有點不合規定，我們知道這也許是誤會，不過，局長的意思是趁著星期天大家到他公館裡聊聊，如果常醫師方便的話……」

「可以啊！」常醫師說：「散散步也好。」

「我們有車。」

那兩人迎著常醫師正想走出門，驀地，卻被女人震天的哭聲給吼住了：「沒良心啊，沒良心啊，我就知道，你這種晚上連蚊子都懶得打的人怎會去釣魚，原來是背著我去賺外快，我知道啦，你不是在外頭養女人就是和護士搞三捻七金屋藏嬌，我怎麼這麼薄命喔，對先生客氣他還當福氣喔，別人說十個醫生九個花我還替你辯，到如今……我看走了眼喔……」

「太太，」常醫師指指冰箱說：「睡一會去，叫阿英把黃魚醃一下，多加點蔥薑，晚上燻黃魚吃。」

三個人走出門時女人還拼命噥著：「夭壽短命喔，這一去也不知道什麼時候才回得來哪，叫我這個孤單的女人怎麼去養家喔……嗚……我怎麼這麼歹命喔……」

週一的門診部像打下地來的螞蟻窩。值班護士的高噪音四處飛蕩：「八十一號，八十一號，沒人啊？八十二號，八十二號！」

她一邊叫著，一邊卻喜孜孜地把放在口袋裡的報紙不時地拿出來看了又看，最後，她耐不住地衝到掛號室，一進門就嚷：「小毛，常醫師見報了呢，看吧，我可是神機妙算的，好了，這下子他可是吃不了兜著走囉！」

「是啊，山珍海味。」掛號小姐一邊噼哩叭啦地蓋著章一邊平靜地應。

「什什什麼？妳說什麼？」

「人家記者寫得他這麼好，還怕今年好人好事不會輪到他？」說完一把將報紙往護士的懷裡塞了過來，護士莫名其妙地翻開，誰知地方版上頭條標題便是：

祖孫遭難良醫善舉

誰言杏林烏煙瘴氣

竟有為善不欲人知

常醫師嘉惠漁民代付醫藥費

左側則是兩夫婦圍桌吃飯的鏡頭，常太太滿臉笑容，常醫師則面無表情地看著盤中一條大魚。「老天！我們到底該聽誰的？」護士把她口袋中的報紙往桌上一見，社會版上也是頭條標題：

懸壺不濟世唯利是圖．杏林傳惡風見錢忘義

常××詐騙無知漁民被傳訊，里幹事明察秋毫拆穿西洋鏡當然又是兩張照片，一張是里幹事和另一個胖子正向記者申訴常醫師怎麼藉機誘騙漁民去照胃鏡的鏡頭，另一張則是常太太背著記者拭淚的模樣，她的身旁倒清晰地堆著一些書，還有拆成一截截的釣竿，這麼襯托之下使她看起來令人覺得還頗不寂寞的樣子。

一九七七年一月十九日　刊於《聯合副刊》

# 公休日

清早鐵門就被嘩啦啦地推上去，又嘩啦啦地拉下來，匡噹一聲，和著雞貓子喊叫，不中不西的：「Let's go，泡——柒仔喔——」

樓閣上的阿東拉拉花不溜丟的薄被轉了個身，弄得三合板的鋪板子窸窣作響。

「阿陽，」他背著身睡意矇矓地說：「他們都出去了。」

「平日起不來。」阿陽也背過身去：「為什麼公休日就起得特別早？」

「不……曉得。」

「阿東，你出不出去，」阿陽問著把棉被拉過來些：「今天？」

「嘿，冷啊，別拉了，」阿東急急地轉了回來，剛好碰上了阿陽的臉：「不一定，你呢？」

「我好想去走走，」阿陽又背過身去，把滿頭亂髮塞向阿東的臉：「真的，我真的想出去。」

「去嘛，去就去嘛！」

「我是說真的呢！」

「我又沒說你騙我！」

「可是你好像不高興同我出去一樣，」阿陽說：「你根本不了解我……」

「你真令人煩呢！」阿東用力扯了下棉被說：「這個月來就光看你變，越變越番，難怪人家叫你番仔陽！」

「我沒有變，其實是你們自己認為的！」

「好啦，好啦，」阿東乾脆坐了起來，把出去的那些人換下來的衣褲往牆角扔。白灰的牆壁早沾滿了一層一層的墨跡，到處都是歪歪斜斜的字句，「孤單的流星」、「天涯浪子」、「失戀的異鄉人」、「漂泊的男性」……「出去就出去嘛！」

「但是……」

「你再說一句我就揍你！」阿東真的生起氣來：「怎麼都是你的話？」

「你們……你們都不了解……我……」阿陽說著竟吁嘆起來。

「我不甩你了！」阿東說著把棉被一把掀掉，阿陽瘦瘦黑黑的身子在光禿禿的鋪上蜷著，破了好些個洞的內衣下是褐色的皮膚，甚至連抽搐著的脊骨都那麼顯眼。

「噓——」

「怎麼？怎麼？」阿東聽他這麼吸了一口氣，趕忙跪著捱上去，挪挪他的肩說：「又痛了是不是！看看有沒有再流血？」

「沒有。」

「沒有就好，我怕你又流血了。」阿東說：「好吧，我們出去走一走也好。」

阿陽仍然躺著，過了好久才起身到樓下去洗臉。

要是平日，樓下早就充滿機器的聒噪了，而公休日的廠房卻靜得怕人，一部部碩大的機器像沈睡的怪獸，蹲踞在滿是塵埃飛揚的晨光裡；兩個人便從那部機器的肚子裡拖出了個被機油沾了一層黑的木箱子，小心翼翼地把裡頭的衣物拿出來。

「哇，你看，鞋子竟都長了霉啦！」

「我的沒有，」阿東欣喜地說：「我告訴過你嘛，一分錢一分貨。」

「不過它還沒壞，你知道穿多久了嗎？一年多啦，」阿陽拿著鞋上上下下地看：「也許上回回去沾了雨水。」

「老家真好，」阿東說：「除了下雨討厭，什麼都好。」

說完他們便相互拍起衣服來；窩了些時候衣服上總有白色的霉，拍著拍著手卻越來越沒勁。

「也許我們過年回去都能買雙皮鞋！」

「對，咖啡色的，旁邊有拉鍊的那種。」

「淡咖啡的，然後再買一件牛仔褲，像師傅他們。」

「省得回去我媽總說『哎呀，你們是在臺北當乞丐嗎？』」

「其實也差不多，」阿東說：「不過要是別人說『阿東在臺北當乞丐』還沒關係，我是受不了……」

「受不了什麼呢？」阿陽艱難地用左手提著褲子套著，一面卻怕褲腳沾到了地上的油漬，阿東過來幫他。

「受不了人家說『看啊，春美的兒子在臺北當乞丐！』」

「當什麼都是我們的事，只要我們不學壞！」

「可是，村裡的人卻不啊，誰穿得漂亮，他們會說『某某少年人真是有辦法』，誰穿得窩囊，他們便把爹啦娘啦的名字加上去。」

「以後我們一定要想辦法賺很多錢！」阿陽狠狠說了，卻忽然靜了下來，眼睛直直地瞪著遠方，粗粗短短的頭髮映著窗隙透進來的朝陽竟顯得那麼雜亂；阿東繫著鞋帶，好久了才聽到他的聲音，喃喃地說：「明天又得去換藥。」

「把鞋子穿了吧！」

「我是說，我明天又得去換藥，」阿陽說了，把鞋套了，阿東蹲著幫他繫帶子，靜靜地不出聲：「又得去找老闆拿錢……」

「幹！」最後阿陽伸出腳狠狠往身旁那部機器踢去。

「走吧，都好了，」阿東伸手幫他把頭髮拂平：「穿這身衣服總叫人想起離開大粗坑那天。」

「為什麼我們沒有保險，別人都有？」

「番，」阿東伸手把鐵門又嘩啦啦地推上去，像打開一扇寶庫的門一樣，外頭竟是白花花的陽光和亮晶晶世界：「我們年紀不夠大。」

「既然都做了工，」阿陽固執地說：「我們都是勞工。」

「誰說的？」走出門阿東把鐵門又拉了下來，最後用腳使勁一踩又是匡噹一聲：「你應……不是，我是說我們都應該還是學生的。」

兩個人便在街道上走著，讓陽光照著他們，兩個人踩著自己的影子玩，最後竟都笑了。

「當學生很好。」阿東看了看廊下那些背著行囊提著相機的人說：「起碼可以跟媽抱怨說便當的菜弄得太鹹了。」

「唔，星期六下午也可以不回去，找個藉口去玩水。」

「山溝的水也許更清澈了，再也不會弄濁了。」

「為什麼呢？」

「我們都離開了，誰去玩？」

就這樣走著，只覺得陽光越來越暖和，後來便都把夾克脫了下來。

「那天有空，我們把這些字都拆下來。」阿陽看著夾克上那四個金黃色的字說。

「是應該的，不過留著也不錯，那一天在街上，也許會碰上老師什麼的，也許他會很高興地說：『你是欽賢國中的學生啊？』」

「問了，你又能如何？」

「不曉得，不過能碰到以前的老師總是高興。」

「我們到車站來幹嘛？」最後阿陽突然站定了，望著陸橋下飛駛的車輛說。

「不知道，」阿東朝他笑：「亂走一氣，真是的，嘿，對了，我們去公路車站好了。」

「幹嘛？」

「看看幾點有車啊？過年回去時省得瞎猜。」

「好吧！」

公路局的車子隨著尖銳的鈴聲來來去去的，兩個人趴在「直達金瓜石」的門欄下也不知待了多久，最後竟又來了一部車子，人們魚貫地上車。

「我在想，」阿東看著車輪指指輪框上的灰泥說：「那些泥巴搞不好是從舊道那兒沾下來的。」

「也許是，」阿陽說：「你這麼一講我又想到舊道車站旁的魷魚羹。」

「我也是。」

「有一回我不曉得我媽沒錢，一大早我騙她說學校要交十塊……」阿陽頭也沒抬地看著車輪說：「其實我只是想中午溜課去吃魷魚羹。」

「後來呢？」

「媽信以為真，她把便當拿給我後，淋著雨出去借了十塊，回來身上髮上全是水。」

阿東捏著手沒說話。

「我不會忘記，真的，我不會忘記，」阿陽輕輕地說，下巴在欄杆上磨著。

「小時候大家都做過錯事，」阿東說：「長大了想通了也許就不會了。」

人全上了車，車掌小姐問他們說：「你們不上？」

「我們過年才上。」阿陽頭也沒抬沙沙啞啞地說。

「過年有加班車，」車掌小姐笑著看他：「別這麼早就來排隊，還有三個多月呢！」

旁邊另一些等車的人也都笑了，阿陽尷尬地抬起頭看了看他們卻又低下頭，這一霎，阿東卻看到他眼中閃著晶瑩的光。

「別這樣，阿陽。」阿東低聲說。

「阿陽——」車上忽然有人叫：「阿東——怎麼你們都在這兒？」

「進叔！」阿東興奮地叫：「我們今天公休，出來逛街，進叔怎麼來臺北呢！」

「買東西啊！」進叔把半個身子都探出車窗，搖著頭說：「到中央市場買菜回去辦喪事呢！」

「是誰呢！」

「憨溪公仔，該認識的吧？」

「認識的。」阿陽說。

「老的一個個死，你們這些年少的一個個出來賺錢，大粗坑沒人囉！」和著濃濃汽油味道的風掀著進叔摻雜著灰白的頭髮：「要不要買些什麼東西帶回去啊？爸媽都念著。」

「我爸最近有沒工作？」阿陽大聲地問。

「沒有啊，他的腳前些天被石頭壓了，休了好一段時候，你呢，你的手怎麼了？」

阿陽痴痴的站著，半晌也沒答聲，阿東從販賣部那兒買了本日文的《讀者文摘》，匆匆地跑了回來，搶著代他答：「被鐵板刮了，沒什麼事，你把這本書帶回給我爸好嗎？」

「自己要保重，出外總不比在家有人照顧，知道嗎？同村子的人在臺北也不少，總要互相聯繫，」進叔接過書朝著阿陽說：「你爸的傷沒什麼關係，別放在心上了。」

車掌把欄門扣了起來，阿陽突然撥開它衝了出去，一邊掏著口袋，車掌急忙回過頭來。

「進叔！」阿陽拿著幾張綠鈔遞上車，手上白色的繃帶在陽光下閃耀著光，他顫抖著聲音，吼：「拿給我爸，跟他說我夠用了！」

車掌跳上車之後車子便開了，車輪輾過停車坪，輾過街道，當然又會輾回舊道車站，在通往大粗坑那條小徑的叉口停下來。

兩個人又逛了回來，只是便更沉默了；走過長長的中華商場，在平交道上等著火車過去，唱片行震耳欲聾地放著流行歌曲。

「我們家的運氣始終不好。」阿陽這才開口說。

「再過幾年就好了，你別想那麼多。」

「你自己不想就叫我別想？」阿陽睜大眼睛瞪著阿東說。

「你別講這種話好不好？」阿東不禁也大聲起來，火車嘩啦啦地漫響過去，阿陽抬起手揩揩眼睛，白色的紗布似乎就把整個臉也蒙住了，阿東最後只好拍拍他的肩拖著他走過平交道：「好啦，好啦，今天別想可以吧？」

「現在又要走到那兒去？」阿陽的語調這才平緩下來。

「臺北這麼大，竟找不出個地方，」阿東說：「動物園！」

「看你自己是不是？」阿陽牽強地笑著。

「什麼。」

「猴子。」

「去你的！」阿東說：「啊，看電影怎麼樣？」

「錢呢？」

「我有！」

「多少？」

「兩百……」阿東一面掏出錢數著一面說：「兩百三十七。」

「好吧，算借我一百。」阿陽蹲下身把滾落的硬幣檢起來。

「也許我們該留一些錢是吧？」買完了票兩個人坐在戲院的臺階上等著入場，午飯的時候已過了一陣，阿東覺得慌慌地餓，想了好久才說：「現在才月中，你又沒錢了。」

阿陽揑著戲票玩，把它捲成一捲又搓開，搓開又捲回去。

「所以中午我們只好隨便吃吃。」

「我不餓。」阿陽說。

「坐久了就會，」阿東說：「我們還是走走吧。」

很不巧地兩人竟踱到一條前後都是餐廳麵館的街道來，撲鼻的都是陣陣引人食欲的香味。

「中午街道的人都少了。」阿陽說。

「他們都吃飯去啦！」阿東看了看那些堂皇的招牌說：「阿陽，你有沒有吃過西餐？」

「沒有，你呢？」

「沒有。」阿東說：「就是有機會也不會吃。」

「童子軍老師教過的！」

「我們沒有。」阿東停下腳興奮地說：「嘿，你看，那裡面有人在吃！」

阿陽轉過頭去，果真看到淺棕色的落地窗內，好些人坐在鋪著枱布的桌前正用刀叉吃著東西。

「走吧，」阿陽說：「別丟人現眼的看人吃東西。」

「我要學嘛！」阿東說：「而且時間還早。」

「那總得站遠一點吧？」

於是兩個人便走到對面一家銀行的臺階上坐著，背靠著銀行的鐵門默默朝這邊望著。

「先端上來這盤是湯，美國人先喝湯再吃菜，不像我們……」阿陽指了指裡頭靠門這個位置說；裡頭那兩個小女孩正笑著把餐巾鋪在膝上，阿東看看她們，再回過頭看著逐漸興奮起來的阿陽竟有一點悲愴的感覺，阿陽滔滔地說明著，白色的右手不停地揮著，讓人頭昏。

「也許我們也該吃點東西，」阿東打斷阿陽的話：「省一點的。」

阿陽看看他便站了起來跟他走了。快步地把那條街道走過。

走進電影院時兩人便都拿著一個硬邦邦的火燒，阿東找到位置後，偏過頭跟阿陽說：「好吃嗎？」

「很香，」阿陽的聲音在黑暗中響著：「也很硬。」

也許是銀幕上的打鬥激烈的叫人忘情，沒一會兩人便幾乎同時窸窸窣窣地把紙揉掉。

夜裡兩個人坐在昏黃的燈光下把衣服折好，阿東輕輕地拍拍衣服說：「上面還有餅屑呢！」

「他們怎麼比我們早出去而到現在還沒回來？」

「管他。」阿東拿了衣服說：「你的要不要放回去？」

「要，」阿陽說著卻躺下來，背著阿東說：「幫我放一下好嗎？」

阿東愣了一會看了看他說：「好吧。」

等他放好衣服又爬上閣樓的時候卻聽到阿陽輕輕的哭聲。

「怎麼了你？」阿東搖搖他說：「起碼也玩了半天還哭。」

阿陽推過被子把身子蒙起來。

「想想看，我們逛了那麼遠，還碰到進叔，還看了電影，而且我還學會吃西餐，這不是好好地過了天公休日嗎？」

「我不曉得，」阿陽說：「我……我一直便覺得今天過去了，可是……對了，今天是很好玩可是我卻一直想到好多事。」

「什麼事？」

「比如說明天要去換樂，那便得去跟老闆要錢，也想到明天又有機器的聲音，也想到過年回去……」阿陽突然把被子狠狠地踢開，被單被他腳趾甲鈎住了竟嘶地一聲裂開，露出發黃的棉絮來：「還有它！」

他直直地坐了起來，眼裡含著淚光，整個臉竟一下子變了形狀，他把右手伸著用左手狠狠地指著它說：「就是它！」

說完便用牙齒把繃帶的結頭咬開，左手捏住繃帶的頭飛快地把它扯下來。

「阿陽！」阿東爬過來拍拍他的肩說：「不要打開！醫生說不要打開的。」

「別管！」他又扯又甩地把繃帶全部弄了下來，甚至連藥布也甩落了，紅紅的藥布掉落在棉絮上，像老家門口那盛開的扶桑花。

他把手伸到燈下靜靜地看著，像觀賞什麼寶貝似的。昏黃的燈下是一個被藥水染成紅色的手掌，只是食指和中指卻都短了一節，尖端隱約著縫線，像過年時媽端上桌來的香腸被誰咬掉了一口似的。

他默默地看著它，直到它微微地發抖；阿東這才撿起繃帶把他的手用力拉了回來，重新幫他纏上去。

「別想它了，被沖床軋斷手指的又不只是你，」阿東沉沉地說：「也許那一天……對了，那天師傅不是說了嗎，手指斷了省得天天擔心被軋斷，像我一樣總害怕。」

阿陽靠著牆讓他纏著，阿東抬起頭又說：「以後也不必當兵了。」

「狗屁！」阿陽說：「我就是怕以後不能當兵去。」

「為什麼？」阿東不解地說：「有些人都想辦法不去呢！」

「你不懂……」阿陽這下子才嚎啕地哭了起來，最後，他吸了一口氣斷斷續續地說：「不當兵……以後……娶不到……太太！」

阿東放下他的手看了看他，突然爆出大笑說：「娶太太——哈——哈哈。」

最後兩個人便這麼抱著又哭又笑起來，笑得整個三合板的床鋪都窸窸窣窣地顫抖著。

——給奮鬥中的同鄉朋友和桂陽跟他的指頭——

一九七七年一月二十八日　刊於《聯合副刊》

# 不詳女一二三

連續幾天出奇的燠熱竟教人覺得這個冬季頗不真實起來。

午後，陽光慷慨地灑落在枯黃的草坪上，於是那幾叢圓葉的野草便分外翠綠，而囂張地閃著油油的光；風輕拂過鐵絲網旁的聖誕紅，抖落著一遍粗俗的喜氣；只是飯後卻有人挑著它淡淡的蔭，躺在那兒晒太陽，半瞇著眼，慵慵倦倦地讓陽光沁入厚厚的衣服裡。

山下幽幽地響著警車的笛聲，緩緩地撕裂這片靜謐，往山上聒噪過來。

「有聲音！」有人睜開眼顫顫地扶坐起來說：「警察來了！」

「警察來抓我嗎？」女孩驚惶地坐起來，髮上沾滿草屑：「有人報案！」

「我去看看！」男人面無表情，眼神呆滯地喃喃自語著：「妳別怕，嗯？」

女孩滿臉恐怖，緊緊地抓住胸前的衣服點頭。

「又不睡啦？」樹下有人喊住他：「不睡的話回屋裡去好了。」

「我看警察。」男人拖著步子，讓拖鞋刮著水泥地踱到鐵絲網旁，把整個臉貼在網上，手指緊緊地抓著網子：「看不見，看不見。」

他轉過頭來跟女孩說：「看不見。」臉上鼻上便印上了網子的方眼，像分割的圖片，零零碎碎的一副笑容。

「本來就看不見嘛，睡吧。」樹下的人又喊。

「妳別怕，他們並不全是壞人，」男人又躺下來，輕輕地拍拍女孩的肩說：「他們有一天還請我吃飯，然後用車載我來這裡……」

女孩瞪著遠方像在想什麼，手仍抓著衣服，直到警笛停時才僵僵地又躺下去。

「又來了。」樹下的人回過頭跟旁邊的人說。

「是吧，八成又是路倒病人。」她咬著髮夾應著一邊便把護士帽又別上頭頂：「這天氣……怎像冬天？」

「平安夜，聖善夜……」那人輕輕地哼。

鐵絲網外的相思林裡不知何時竟響起麻雀群的喧嘩。

1

女警坐在椅子上端著茶杯，看著牆角的女孩輕輕地說：「也不知道她怕什麼，就這麼畏畏縮縮的，昨晚在隊裡也沒看過她闔過眼。」

護士長一邊幫她把指甲一個個剪掉，晃晃女孩的手說：「我們坐到椅子上好嗎？嗯？」

那女孩仍然抱著破包袱擠在牆角，頭擱在膝蓋上，右手讓護士長捏著，一手環腿，愣愣地看著她。

「總得先幫她洗過澡把衣服換了。」

護士長伸手摸摸那黏成一團的頭髮，把一隻蝨子從髮隙濾出來，用力擠死牠，不知怎地，聲音便沙啞起來：「也不知道她是怎麼過的日子，看她這一身，總在街頭浪上個把月了吧？」

「難得妳們做這種工作的還有這種心……」女警咳了一聲才又說：「對了，妳看她的肚子是不是有一點……也許女人比較敏感吧？」

護士長放回她的手，輕輕把她懷中的破包袱拿開，女孩首先默默掙扎著，嘴裡呀呀地哼著，最後還是讓她拿了；護士長輕輕地把她扶起來，背磨著牆悉悉索索作響。一會兒，那女孩便又搶著包袱死命地抱著，瑟縮地擠在牆角。

「妳們怎麼找著她的？」護士長先朝著女警點點頭，隔了一會才問。

「巡邏組帶回來的，」女警說：「她昨晚躺在人行道上睡，一些不良少年就在街頭輕薄她，巡邏組一去那些人就騎車子跑了，然後半夜她就被送到我們那兒去。」

「什麼世界啊，」護士長摸著女孩的手狠狠地說：「連這種女孩他們也來？」

「外頭什麼名堂也有，沒發現的還多呢，」女警站起來把圓帽子戴上：「這下子好了，她還算是造化好的呢，能被送到這裡來！」

女警說完便到社會工作室去了，護士長回頭又看看那女孩，而眼光一接觸，女孩便又緊張地避開了，全身一動掀出一股難聞的臭味來，一雙腿緊緊地縮在一塊，連大腿根也是一塊塊黑污。

「不要怕，我們是好朋友，」護士長說：「我們都是好朋友，對了，告訴我妳的名字好嗎？」

女孩低看頭全身顫抖著，護士長拍拍她的背，從桌上拿了塊三明治給他：「餓嗎？」

她仍然動也沒動。

「吃吧，餓了就吃，嗯？」

「護士長電話！」門外有人喊：「外線！」

「快拿著，我出去一下，」護士長緩緩站起來說：「我回來時再跟我說妳的名字好了。」

護士長把三明治放在腿間，看了她一眼便出去了，而一到門口，那女孩竟開口哼了一聲，她猛然回過頭去便瞧見女孩連塑膠紙也沒撕開，就這麼強啃下三明治嚼著；左手捏著剩下的一半，右手朝護士長伸著，指頭併的攏攏地，面無表情含含混混地說：「我叫香——格——格！」

護士長緊咬著唇蹲下來陪著她說：「慢慢地，嗯。」她又拿了一塊三明治，把塑膠紙撕了，女孩試探著伸出手，然後便一把搶了過去；護士長只好偏過頭去看著外頭一遍模糊而燦然的豔陽光。

2

「妳們怎麼把她打扮的！」女警從病房出來後不禁驚呼了一聲：「誰又知道

她是有病的！」

說著便又回頭去看了她一眼。女孩現在靜靜地坐在靠窗的沙發上讓護士把一條白布巾纏在頭上；頭髮一掩了起來，便更襯托出一副姣好而稚氣的面孔來；飽滿的上額之下是挺直的鼻樑，薄薄的嘴唇緊緊地閉著，要不是那雙呆滯的眼睛和微微隆起的小腹，乍看之下還以為是時下正吃香的一個影星。

「幹什麼你！」茶几旁的另一個病人突然把棋盤推翻，吼了一聲。

女孩全身一震，緊緊地把護士抱住，就像進門時一般驚悸地顫抖著。

「別怕，她們不是吼妳！」護士撫撫她的背說著，回過頭時那兩人卻已各自喃喃地蹲下來把棋子一個個撿起來朝棋盤上放。

「她到底怕些什麼？」女警一邊下樓一邊問。

「知道就好辦多了，」護士長說：「沒有線索的案子總不好破，不是嗎？」

「對了，那包袱是不是可以找出什麼證件來？」

「試著吧。」護士長說。

女孩全身髒臭，而沒想到包袱裡的東西卻仔細地包著，連一點灰也沒有染到，一打開時甚至還有淡淡的肥皂粉的香味。

「這是什麼？」女警剝開一個小紙包時說，所有的人便全湊過臉來，充滿希望地看著。

女警十分小心地把紙一層層攤開，最後，所有的人都失望地輕嘆著；裡頭只是一張女孩的照片，穿著山地歌舞的衣服，赤著腳，但臉上卻是燦爛的笑靨；翻了面，是秀氣的字跡，寫著：「攝於婚前一個月。」

「她結婚了？」女警詫異地說：「老天，才幾歲的樣子。」

「這又是什麼？」護士長拿起一本小記事簿，說著便隨手翻開。

「有沒有地址什麼的？」

「沒有，」護士長皺著眉一頁一頁翻著，最後哼了幾句：「梨山有個姑娘……

老天，這不是流行歌嗎？」

「也有那種耐性抄滿一本簿子，還當寶貝般地藏起來呢！」

「可別這麼說，」護士長拿著本子怔怔地說：「誰又曉得它代表什麼意義，搞不好是千金不易的玩意，就像什麼初戀的情書般哪！」

「不打自招！」有人咯咯地笑。

「招什麼招？」

「找，招，」護士長說：「這包包是沒望了，衣服堆裡看有沒有什麼。」

女警在衣服裡翻了一下，突然興奮地叫了起來：「有了！」

「什麼？」

「工作證。」女警拎著一件毛衣翻著胸前的一塊紙牌說：「中慶電子，中慶？誰聽過？」

「這簡單，總可以問出來的，」護士長接，過看了一下說：「用我們的雙手，創造公司的繁榮……八成是日本人投資的，看這種老闆至上的鬼標語。」

「這件事我來辦，」女警說：「請妳簽個字讓我們了案。」

「好吧，」護士長笑笑說：「但別忘了打電話過來通知一聲，賣個順手人情。」

「什麼話，」女警拿出一疊單子和筆：「銀貨兩訖，再見。」

「別見了，」護士長簽了字說：「這又不是什麼好人好事招待會，能少一個就少一個。」

護士長到病房去的時候，女孩已經沉沉地睡了，面孔帶著笑意，就像照片裡般的開懷，只是那肚子和她的面孔連不起來，一個還需要別人照顧、教導的人，又怎麼去照顧另一個人？護士長想。

3

社會工作員還沒撈著機會開口，便得挨了一個多小時的疲勞轟炸。

先是警衛的盤詢，遞了名片之後又是公共關係組賣人情做廣告的吹擂，接著是人事室那人不甘不願的牢騷：「這麼多人怎麼翻嘛！」「上班時間怎可找人！」好不容易見到領班，卻又得聽她一邊走一邊吐苦水。

「賺人家錢嘛，總得聽人家的。」工作員最後只好打斷她的話。工廠的事見多也聽多了，今天是為了女孩而來的，只好狠下心地潑了她一身冷水。

進了會客室，牆上竟又是「用我們的雙手創造公司的繁榮」，幾天前在餐廳聽護士長說時大夥還激動地罵；說什麼公司繁榮了，這雙手是不是能分得到更多的照顧什麼的，現在聽領班的一番話之後更只能苦笑著指指標語。

領班是會了意，只是臉孔便也冰冷起來：「問吧，什麼事？」

「她叫……我也不曉得！」領班聽著工作員敘述，一邊出了神，最後竟爆出哭聲來：「她只來幾天，上班大家做自己的事，下了班大家去玩她只躲在宿舍裡，要嘛光坐在那兒發呆，要嘛就自己在那兒唱歌，有一天夜裡她出去了，也沒交代去那兒，結果便不見了，誰知道……」

「妳們沒跟公司講？」

「講？」領班抬起頭說：「公司還恨不得有這種流動女工，不要工錢的幫手呢，天天有人這麼來來去去的，有什麼好講，反正這種事也不要技術，誰來還不是一樣！」

談了一下子之後，人事室那人竟然滿臉笑容的進來：「小姐，她的資料我們查了一下……」

「好極了，」工作員興奮地說：「叫什麼？住那兒？」

「這個得請妳包涵，因為她進來的時候沒帶身分證，我們在備註欄裡寫著後補，妳看……」那人把一本厚冊子往她身上塞過來，說：「所以地址也沒抄上去，只是照她寫的寫了，也不太詳細……」

「好，這倒與我沒多大關係，我只想知道她叫什麼，你知道，有個名字和大略的地方找起來也容易。」

「她叫丁娜妲，」那人扶扶眼鏡說：「住在……」

「梨山！」工作員代他答。

「對！」

「謝謝你！」

和領班走出會客室時正好工廠下班，門口卡鐘前面兩條灰色的長龍，向廠房門口一路迤邐過去。

「對了，」領班說：「我叫我班裡的人問問，也許她們知道！」

說完朝長龍那頭招招手，幾個女孩便大步跑了過來，領班跟她們說了一陣，裡頭一個女孩便一直做作地拍著胸口說：「好可怕，好可怕！」

「她不是良家婦女！」接著那女孩嚼著口香糖，用臺式國語擠出這麼一句話來。

「為什麼？」領班說。

「她呀！」女孩雙手作勢地在肚子畫了一圈。

「妳怎麼曉得？」

「我和她一齊洗過澡，」女孩說：「上班她坐著妳怎麼看得見！」

說完旁邊的人便笑了起來，吱吱喳喳地。

工作員聽了直心煩，但也只好耐住性子問：「好，謝謝妳提供這麼寶貴的資料，那你知道她叫什麼嗎？」

女孩擺擺頭說：「我們很少講話！」

「我知道！」另一個興奮地說著擠到工作員面前來。

「叫什麼？」工作員曲下身問。

「香格格！」

# 4

耶誕過後，天便又冷了起來；尤其是山坡上的風，每一刮過，總帶著淒惻的哀鳴，穿門越限地從四面八方鑽進來。

女孩穿著護士小姐拿來的舊大衣，坐在電視前睜著眼睛動也不動；護士小姐一去碰她，她便沉沉地哼著，像外頭的風聲。

「她到底神遊到那個世界去了？」護士放下筆，把護理紀錄掩起來說：「這麼小的年紀……」

「小孩也有小孩的世界。」旁邊另一個護士說。

突然一陣淳美的歌聲竟在病房裡悄悄地響起，護士對看了一眼，緩緩地走出護理站；電視節目已經完了，螢光幕一陣閃爍之後便沙沙地跳動著，那女孩的上身仍然一動也沒動，眼睛直直地看著前方，緊緊地拉著大衣一步步往床鋪走去，輕輕地唱著：「若我不能遺忘，這纖小軀體又怎載得起如許沉重憂傷？人說愛情故事……」

護士默默地讓開身子，看著她從兩人之間毫無表情地走過，走進暗暗的病房裡去。

## 5

「快把今天的報紙拿來看看！」護士長一放下話筒便匆匆地嚷了起來。

「幹嘛？加薪了是不是？」

「女孩子的消息？」

「誰說的有？」

「那個女警，她倒挺熱心的！」護士長一邊說著一邊便急急忙忙的把報紙打開，護理站的人都圍了過來。

「這裡！」護士長用手掩住旁邊的文字，只露出那一吋大小的照片問說：「像不像？」

「像，就是她！」幾個人異口同聲地說。

「確定？」

「這，難說了……」

「好，那現在看看內容是什麼，搞不好也可以湊出個大概來！」

警告逃妻朱素梅，十七歲，臺東人，於本年七月中不告離家出走，限三日內回家商量，否則依法追究，夫張仲堅。

「差不多嘛，」護士伸著頭看著坐在沙發上的女孩說：「十七歲，而且面孔真越看越像山地同胞！」

「如果真是這樣……」護士長說著忽然停了下來，所有人也都跟著沉默著。

「這樣吧，」最後護士長說：「用最原始的方法試試……」

說完她便走出護理站，悄悄地站在女孩的背後，輕輕地叫了聲：「素梅！」

女孩仍然坐著沒動，靜靜地看著窗外拍擊著玻璃的相思樹。

「素梅。」護士長低下頭在她耳邊叫：「素梅。」

最後她失望地朝護理站搖頭。

「試試另一個名字，」裡頭有人把頭從玻璃台伸出來大聲地說：「張仲堅。」

突然那女孩竟猛然地站起來。連拖鞋也沒穿，口裡哼哼的響著在病房裡狂奔了起來，最後才躲在門柱後顫抖著。

值班的護士便一下子全走了出來，圍在她身旁。護士長跟她們做個手勢，盡量平靜地說：「張仲堅。」

這一次女孩沒跑，她哀鳴了一聲緊緊地抓住身旁的護士，扯著她的衣服，把整個臉埋進護士的胸，細細的足踝在大衣外頭顫抖著。

6

「他媽，沒死還算便宜她！」那滿臉疤痕的壯漢一開口就把一口刺鼻的蒜味和唾沫噴得工作員一頭一臉：「犯賤，犯賤，媽的，狼啃狗拖的婆娘！」

工作員耐著性子讓他嘶吼；況且找了一個上午那種焦躁也夠受的，大街小巷的找，最後才爬到這塊荒涼的山坡地來，氣喘便也久久無法平息。

「報應，他媽，報應！」

「先生，」最後她才開口，婉轉地問：「介紹一下這位小姐好嗎？」

她堅持地想轉換他的話題，於是便指著怯怯地站在他身旁的女孩。女孩經她這麼一指便不自在起來，手按著凸凸的肚子，低下頭。

「她？」那人聲音著實靜了些：「我老婆！」

「宋太太？」

「和素梅同一個村子的。」那人抓著頸上的毛巾抹了一把臉說：「我和老張一齊結婚的，快一年了。」

「快有寶寶了嘛，恭喜啊！」工作員說：「龍年龍種！」

「也不曉得能不能活得到看他長大……媽的，」那人忽然便也尷尷尬尬地朝女孩說：「客人來了，不會倒杯水去？真是！」

工作員望著女孩挺了個大肚子搖搖擺擺地走進低矮的木屋去，黝黑而粗短的腿艱難地跨過高高的門限，順腳踢了一下窩在門口的鵝群，那些潔白的鵝便伸著長長勻勻的脖子呀地邁開。

「山地女人總少不得粗魯。」那人說。

「粗魯總比平地一些女人的做作好，」工作員說：「何況山地女孩也純些，勤勞些漂亮些。」

「個屁！」那人竟又大聲起來：「像那素梅，當初我就跟老張說，年輕漂亮的太太看不住，那女孩又是一雙溜答答的眼睛，自己是三天兩頭在山上忙，誰曉得她又會怎麼樣！」

「那素梅怎麼樣？」工作員噓了一口氣，把話輕巧地帶了進來。

「毛病多啦，下來沒幾天就裝死裝活，整天也不說一句話，要不然就抱著小說看，捏著嗓子唱歌，老張一罵她，她就哭，一哭一整夜，搞一些山地話喃喃不休，」那人比手畫腳地說：「老張上山來沒幾天她就和雜貨店的小廝胡搞，也不避著些，就當著左鄰右舍眉來眼去，打情罵俏，他媽，王八好當氣難受啊！」

「後來呢？」

「有一天老張說了她，她又哭個不停，大聲小聲地沒有沒有，恰巧老張喝了些酒吧，狠揍了她一頓，結果，跑了！」那人把跑了兩字說得震天價響，雙手一攤又臭罵了一句：「真他媽！」

「我不是警察也不是法官，」工作員說：「不過那些事老張怎曉得？」

「鄰居說的。」

「年輕人見面談談天，笑一笑也沒什麼，外頭的世界這種事是很平常的！」

「可是，他媽，她總是老張的妻子啊！」

「但也別忘了，」工作員平靜地說：「她剛下山接觸到外頭的世界，而且，她只有十七歲！」

「十七歲又怎麼樣？民法規定十六歲就可以結婚的妳不曉得嗎？」

「可是，先生，你知道時下一些十七歲的女孩子是過什麼樣子的日子嗎？」

「我老婆也十七歲，她就聽話，妳又怎麼說？」

「世界上有相同的兩個人嗎？」

「這我不管，妳知道我們是怎麼娶來的嗎？」那人突然激動地站起來，眼睛睜的斗大，整個臉向工作員逼了過來：「省吃儉用，花了五六萬塊正正式式娶來的！」

「先生，」工作員咬著牙說：「你知道有些事並不是用錢就可解決的，買賣婚姻，這早是老掉牙的方式！」

「妳知道什麼妳？」那人用力的說：「要不是像她們這種年紀就離鄉背井，我會落得娶個比我兒子還小的老婆？我們這樣待她，難道她們就不知道怎麼做個好太太？」

「我同情你的遭遇，」工作員也大聲起來：「可是這是兩回事啊，你這種觀念甭說純純樸樸的她們，就是我也沒法接受！」

「妳是說我們落伍？我們固執？」那人吼著，女孩端著水遠遠地站在門口向這裡看著。

「不是，」工作員猛搖著頭，強忍住一股酸楚：「不是的，先生，我只是覺得你不能用自己的遭遇來解釋一切事情，我只是想說人總有自己的思想，自己的生活方式，我當然不認為素梅的行為是對的，我只是想知道張先生對待素梅的態度是怎麼樣的，畢竟……」

「畢竟什麼？」

「畢竟他總得想想他幾歲時素梅才來到這個世界，而在這一段相差的時光裡頭，世界、環境改變了多少？」

「你去問他好了！」那人一擺手大聲地說。

「他在那兒？」

「花蓮，」那人狂吼了一聲，忽然雙手緊緊的捏著，聲音隨即也喑啞下來：「玉里。」

「幹嘛？」

「妳還問？」那人反問她：「妳難道不曉得那兒也有個精神病院？」

「老天，」工作員整個腦袋轟然一響，怔怔的看著那人滿臉抽搐著疤痕說：

「老天！」

「小姐，我知道妳是一番好意，妳同情素梅，」那人竟迸出了眼淚，抓住工作員的肩說：「可是，又有誰知道老張？有誰了解老張？要是我們都在家，老張不早有孫子抱了，又何必隱著自己的心去娶這個娃娃新娘？妳以為我們好過嗎？我們真願意把一個女孩弄下山來嗎？不是啊，不是啊……」

那人的眼淚沿著腮落到褐色的短髭上頭，映著陽光閃爍著一道濕痕：「我們也是人，我們也想落根，也想有個娃娃，有一天能結結實實的喊我們一聲爹！」

工作員緩緩的在樹下坐了下來，接過女孩遞過來的水喝了一口，讓它冷冷冽冽地沿著胸口滑下，流入灼熱的腹裡去。

「他去了多久？」最後她才緩緩的開口。

「十月中去的，找了三個月，到最後人也不像人樣，最後成天也不睡；就這麼兒呀，兒呀地叫，過了些時一些朋友來帶他去。」

「那報紙上的啟事是……」

「我弄的，」那人說：「早知道素梅她也……妳知道我不是那麼狠的人，要是知道，我會這麼殘忍嗎？」

「其實，」工作員把水一口喝完：「沒有啟事，我也不會來的。」

「這樣也好，」那人最後又抓起毛巾把臉胡亂的抹了一陣：「這樣也好，哈，誰也不欠誰，哈！哈！」

那女孩便在這時輕巧的把水遞給他，他摸摸她的頭，一仰頭便把水全喝了。

「要不要再看看結婚照片？」那人指指方才翻出來的照片說。

工作員朝她搖培手，拿了素梅的身分證和一些雜物便走了，回過頭正想說什麼，而那人卻扶著女孩進屋去了。一步步，緩緩地走著。

## 7

那男孩一邊秤著鹽巴，一邊沙沙啞啞地說：「其實，鄰居都亂講，那些人才是害素梅和老張的人！」

「你是不是常和她說話？」

「那也沒什麼，」男孩用袖子擦擦眼睛說：「她喜歡看小說，我就借小說給她看，然後大家談談天，這沒什麼不對不是嗎？其他那些女人也常跟我聊天，那別人怎不說我和她們怎樣怎樣……」

「她有沒有說過老張怎樣？」

「她說老張很好，比她爸爸還好，」男孩說：「有一天她跟我說老張能當她父親就好了。」

「她說的嗎？」

「是啊，」男孩說：「可是有一天老張打了她。」

「為什麼？」

「她不告訴我，她說我不能知道。」男孩說：「不過她跟我媽說了，後來，我媽帶她去看醫生，回來還跟老張說不要那麼不像個人，太太又不是妓女什麼的，我問她，她說是女人事，叫我甭管。」

工作員收收皮包謝了他便走出門。

「小姐，」男孩說：「我可不可以常去看她？」

「當然可以。」

「妳不知道，她很寂寞，」男孩說：「她一難過就跑到圳溝邊的竹林裡去唱歌。」

「是嗎？」

「嗯，」男孩紅著臉說：「她還告訴我她以前得過全縣舞蹈比賽第二名，我還看過她跳舞的照片，寶貝的要死，層層疊疊地包著哪！」

「喔，」工作員看他那種真誠的樣子便更難受起來。

最後男孩問：「她……她在那裡唱不唱歌？」

「唱啊，有時候。」

「唱什麼？」

「不知道，我只聽護士說她唱的，」工作員說著忽然想起那小本子：「對了，也許唱梨山有個姑娘叫娜妲吧？」

「我不信，」男孩搖搖頭說：「那是她高興的時候才唱的。」

「是嗎？」工作員問：「那她難過時唱什麼？」

「唱她學校教的一首歌。」

「怎麼唱？」

「妳別笑，我是聽著聽著學來的，」男孩望著遠遠的天際，淡藍的遠山聳立在散佈著叢叢枯梗的稻田盡頭，風起處，店旁的竹林便伊唔細吟，男孩顫顫地沙啞地也唱著：「若我不能遺忘，這纖小軀體又怎載得起如許沉重憂傷……。」

## 8

出了玉里療養院，工作員在路邊待了好久。老張蒼白瘦削的樣子總教她一時也失去了主見，他是一個怎麼樣的人？門哐噹開時，老張披裹著大衣那種飄忽，毫無感覺的樣子總使人覺得那人莫非是衰潰在一番酸楚難忍的心路歷程之下的。

若說素梅和老張有某種關連的話，現在只有兩件事值得肯定，一是身分證上的夫妻關係，二是兩張平板呆滯、毫無表情的面孔，和兩具外表都很齊全的軀體。

玉里到臺東的路上工作員便這麼想著，甚至還懷疑再去素梅的家有什麼意義。了解背景？了解了又能如何？是紅著眼睛告訴她父母說：你女兒病了，精神病！還是憤憤不平地說：你們怎麼狠下心把一個小女孩送到那麼遠的地方，去和一個素昧平生的男人一齊生活，一齊……生孩子！

還好，到那兒時，工作員竟連這兩句話都不必說。

「什麼？什麼？」派出所那個兩鬢微霜的警員聽完工作員的敘述之後竟暴跳起來：「到底是遭了什麼折磨？那種成天蹦蹦跳跳唱個不休的女孩也得這種病！」

說完，也沒等工作員坐下來，就拖著她到後院子去，指著在寒風中露著慘白的水門汀說：「看！」

「看什麼？」

「她父親！」警員用力扯了一下工作員的臂，指著竹棚下；工作員這才發覺竹棚下的稻草堆中竟躺著一個爛醉的人——身上破舊的衣服全扯開了，亂髮夾著枯黃的稻草，腳上頭下而仍睡得酣熟，嘴張得大大的，滿口全是檳榔的紅漬，連流下來的口水也拖著紅紅的絲絲在風中飄動。

「養了八個孩子，一個月總要這麼醉個五、六次，」警員嚷著：「打從素梅十五歲起他就巴不得把她換了，素梅好好一個女孩值什麼？值一打又一打的紅標米酒！」

工作員不想再看，只是轉身出去，警員拿了帽子隨著她背後出來，到屋旁拖出一部舊舊的腳踏車載她，一路便憤憤不平地抱怨說山地的女孩一個個到外頭去，而三年五載也不見她們回來過什麼的。

工作員靜靜的聽著，望著隱約在木麻黃的枝葉裡的十字架發呆；車子緩緩的轉著，剛走過一間教堂迎面竟又是另一間；小巧玲瓏、修長的十字架伸入天際，神父坐在台階上向警員揮手。「妳說，小姐，」警員喘著氣滴滴答答地說：「我真還弄不懂這裡的人，早已全信了教，而為什麼有些事還古板的很，傳教士有那種熱忱來影響全村的人，為什麼一般的老師、醫生都不願到這兒來呢？只要一兩個人來幫幫我們，我想有些事情是可以改進的，可是……唉！」

最後警員把車子剎住說：「去不去跟她媽媽說一聲？」

「到了嗎？」工作員這才發覺他們正在一間木屋的外頭，埕裡放滿了馬鈴薯和一塊塊木柴，風起處，幾隻瘦骨嶙峋的狗朝著他們躲在一片飛揚的黃沙中狂吠著。

不久一個中年女人赤著腳背著小孩子從低矮的門扉裡探了一下頭，隨後才抓著戶口名簿匆匆的跑了出來，一邊把一口鮮紅的檳榔汁吐得遠遠去。

「我不是……」警員搖搖手說，工作員隨即拉了他一把，他狐疑的看著她，最後只好掏出筆在戶口名簿上寫著「核符」兩個字，工作員看著簿子，素梅的名字早被兩道粗粗的紅線槓掉了，她的確不再屬於這裡了，不再屬於蹦蹦跳跳唱個不休的年歲。

警員又跳上車，載著工作員離開，黃褐的旱田遠處傳來一陣嘶嚷的歌聲，兩個人都抬起頭看著，四五個小孩正背著一綑綑樹枝朝這裡猛揮著手。

「素梅的弟妹，」警員猛踩著車子，頭也不回地說：「去了素梅，總還有三個可以換酒的！」

9

「七月十八離家，十一月十八到中慶公司，十二月二十在街上找到，」工作員回頭跟護士長說：「素梅的生命裡竟然丟掉了四個月！」

「名字都沒有了，少了四個月的記憶又算什麼？」護士長朝她笑笑，遞給她一張文件，薄薄的紙張，幾個鮮紅大印：「收發帶上來的施醫證，路倒病人，不詳女一二二。」

工作員接過來看著，輕輕的放到桌面吐了一口氣。

「虧你東南西北跑了半個臺灣，最後還是以路倒病人處理，父不詳母不詳籍貫不詳全不詳！」

「這可是名正言順的，」工作員苦笑了一聲說：「貧民家屬都有私用轎車了，警察送來的病人何嘗不算是路倒？」

「妳可是查過，也了解素梅不是嗎？」

「誰說的！」

「唉，妳這人……」

「她自己都不知道自己了，我知道嗎？」工作員說：「我問妳，妳們叫她什麼？」

「香格格。」

「為什麼？」工作員反問她。

「她說的啊！」

「那她又為什麼自稱香格格？」

「我怎麼知道。」護士長說：「也許有一天我們找回了她那四個月時能得到一點答案吧！」

「找吧！」工作員攤攤手。

「找吧！」護士長也笑著攤攤手。

## 10

「又耶誕節了，」樹下的護士長說。

「嗯。」

「好快。」護士長吐了一口氣說：「妳來一年了吧？」

「快了。」另一個說：「再一兩天。」

「妳來接的第一個個案是誰？」

「不詳女一二三。」

「誰？」

「香格格，」她說：「帶她去婦產科會診。」

「我倒想起來了，」她笑了笑：「那一天我們再去育幼院看看那孩子，看看我們的小『公子』。」

陽光現在終於把聖誕紅下的那塊陰影也沖淡了，躺著的男人伸著手在臉上猛揮了一陣喃喃地說：「太亮了，太亮了！」

護士看看錶朝著那兒喊了聲：「香格格，睡得夠久啦，醒醒囉！」

女孩睜開眼清看看藍天，卻又閉上了眼。

暖洋洋的冬日總是沉睡的好氣候，再睡一下又何妨？何況能閉著眼睛，任何時候都是一件舒服的事！

一九七七年二月二十三日　刊於《聯合副刊》

# 看戲去囉

真正擔心起阿爸的事，是在接到妹的來信之後。

父親總是兒女心目中唯一的偉人，更何況離家倏忽十年，心中的父親便仍是十年前的樣子，嚴肅、沈默，和一副分不清喜怒哀樂的臉孔；而妹的信中卻說爸最近很不正常，甚至還用了「瘋瘋癲癲」這幾個怵目驚心的字眼來。

回到家是除夕的前一天下午，陰暗的小巷中撲鼻的卻是蒸年糕時特有的香蕉油的味道，老家那種濃濃的人情味並不因住所的遷移而淡釋，幾個阿姨手上沾滿粿屑，抓著粿葉跑出來叫我，甚至還嘟囔著：「穿這麼少，你看，瑞芳不比臺北喲，孝男天呀！」

於是從巷頭開始便被這麼尷尷尬尬地簇擁著走，一邊還得挖空心思地去回憶這阿姨叫什麼？

誰的母親？

阿爸正蹲在廊下補雨傘，咬著只剩下一小截的雙喜，瞇著眼睛抬起頭看我。

「一夫，老大回來囉！」好多人喊著。
「裡頭坐，」爸也沒站起來，拉拉我的褲角說：「把傘補一補，年末雨水真多！」
「一夫把兒子當客人了你看。」她們說。
爸仍瞇著眼把鐵線慢慢地穿過那些支架的小孔中，一邊呼呼哈哈地把燻著眼睛的煙吐的遠遠去。
廚房裡媽正忙著，甜粿蒸好了，接著便是包仔粿、蘿蔔棟、發粿……裡頭水氣氤氳，走進去時差點碰著掛在竹竿上的雞鴨。
「是你嗎？老大？」媽掀開蒸籠蓋子，呼呼地朝上頭吹氣，一聽到我的叫聲，便雙手揮散著水氣，走近了看我。
「媽，你頭上都沾滿了粿屑了！」我伸手把她髮根的白粉撣了撣，卻撣不掉。

「本想去染染的，」媽笑著把我的手挪開：「也沒得空，美容院又漲價了。」

「爸怎麼了？」隔了好久我才盡可能平靜的問。

「你別理他，」媽忙著拿筷子戳戳蒸籠裡的蘿蔔粿，一邊應我：「最近精神不好，麻將打不到半夜就累了，大概為了這事在生自己的氣吧？那天讓他精神好起來，能連打三天兩夜，他還不是又好了，又以為自己是英雄了！」

外頭響起了叮叮噹噹的聲音，和木箱拖動的沙聲。

「他在那兒弄什麼？」媽問。

「補雨傘。」

「補好了大概！」媽把蒸籠蓋子蓋好，又打開灶門加炭：「又不曉得要搞什麼名堂，成天像野狗撞破棺材似地窮忙。」

爸闖了進來，看看我，驚訝地說：「你——？什麼時候回來的？」一邊伸手去拿架子上的菜刀。

「你幹什麼你？」媽按住他的手嚷。
「切年糕吃。」
「你有完沒完，年糕拜都沒拜怎麼吃？你別神經了好不好？」
「伊娘，我試一下都不行？」爸忽然吼了起來。
「你還穿開襠褲是不是？怎麼越老越倒顛了！」媽也大聲起來。
「我偏要吃，妳怎麼樣？」爸用力抽出刀來，媽退了幾步，我只好把媽拉到一旁說：「讓他切吧，反正總要吃的。」
隔了一會媽才抹抹眼睛朝外頭暗暗地喊：「你切上頭那籠我不管，要是敢碰下頭那籠，看我跟你有完沒完！」
爸用力地掀開蒸籠蓋，大概是順勢一推吧，外頭嘩啦啦地一陣響，還傳來他喃喃的聲音：「惡妻孽子無法可治！」
媽聽了聽竟跑進浴室擦臉去，隔了陣阿爸又在外頭嚷：「不夠甜，這那像年糕？狗都不吃！」

我擋住白著臉往外頭衝去的媽，待她平下氣來才問：「幹嘛年糕一蒸就是兩籠？又不作興吃那東西。」

「給照叔、亮叔還有炳叔他們。」媽說。

照叔和亮叔我是知道的，兩個都矽肺拖了三、四年去的。記得亮叔的喪禮上，爸還拉著亮嬸的手說：「別怪他呵，起碼他仍拖到孩子都能賺錢才闔眼呢！」

亮叔死在家裡，而照叔據說是死在菜攤子上。他結婚得晚，和爸同屬兔的，可是我和妹卻還去陪過新娘子，尤其是照叔上三番夜班的時候。

「炳叔？」我倒是沒有一丁點意識。

「你不曉得嗎？」媽詫異地問。

「從卡車上摔下來的。」媽拿著布，把鍋子和蒸籠間的空隙掩住：「你阿爸去幫他給運回來的，幾天後，就這副死樣子。」

「什麼特侯的事？」

「農曆十月底吧，」媽說：「他就這麼瘋瘋癲癲了兩個多月，以前人說菜腳蟲菜腳死，我倒要看看他……」

媽說了一半卻停了，只是沒想到新年頭舊年尾的禁忌卻因這幾句話便全毀了，媽低了一會頭才說：「我只是氣，只是弄不明白他。」

爸在外頭盤著腳四平八穩地坐著，吱吱嘖嘖地吃著年糕，電視上正演著萬里尋母的卡通影片。

「馬可找不到的，天天找也找不到，作孽這些人，連小孩子都不放過，伊娘，沒意思，」他喃喃地說，看我出來，跟我招招手：「你小時候就像他呢，啊，轉過去轉過去，沒意思，那有女人不在家讓小孩這麼受苦的，轉過去。」

隔臺是一個妖嬈的歌女的臉部大特寫，隨著教人發麻的嗲聲迸出畫面。

「搖囉！搖囉！」爸突然興奮地叫，一陣子又回頭問我：「聽說她們錢賺的很多？」

「嗯。」我笑著應他，也想起他以前說過的話，「你們以後幹什麼我都不管，但，男的不准挖礦去，女的不准給我唱歌演戲！」

「生個這種女兒也不錯，」他自顧地又啃起年糕：「男孩子沒路用，你們賺的錢太少了，不夠用。」

那女人哼完了之後，爸趁著廣告時竟站起來，全身顫抖指著我惡狠狠地說：「做了十年事，你賺了什麼？連自己都養不活！要是，要是……」

「你叫他去搶好了！」媽衝了出來，濕漉漉的手指著他嚷：「去把全臺灣的錢都搶來！」

爸把年糕扔出門去，猛站起來呆了一會，隨手把電視關掉：「要不然，女孩子可以送去唱歌！」

說完便出門去，把門關上時，我又聽他喃喃地說：「惡妻孽子無法可治！」

媽喘著氣，最後把頭靠著牆竟哭了起來。

晚飯後爸便自顧地把那籠年糕分了，媽收好桌子，站在他後頭看了一會，才拿了木叉子把竹竿上的香腸取了些說：「加點香腸好了！」

爸回頭看著她點點頭說：「照仔小孩多，他那包多放一些。」

夜裡他卻反常地坐立不安起來，不是在電視機前打盹，就是喃喃地咒著罵著，要不然就走進廚房把那些打好包的年糕悉悉索索地解開，摸了摸再紮緊，反反覆覆地躁動。

最後他才嘩啦地拉開臥室的門睡去，鼾聲響了一陣之後，卻又在裡頭嚷了起來；「老大，告訴你幾次了，明天得早點起來陪我上山你還不睡？電視電視電死你啦！」

接著又是開抽屜，開衣櫃的聲響，和一步一步有節奏的跫音，這麼沙——

沙——的。

「這怎麼好？」媽叉著手重重地往椅背靠去，睜著眼，讓眼淚順著臉流下來，也不去擦。

妹把臉轉過來，用國語說：「怪我face太差了，要不然真可以去賣。」

媽這才問她說：「什麼時候註冊？四千幾？」

半夜去拿棉被時竟發覺父親也有教人覺得渺小的時候。

沉重的大木床上只見覆蓋著厚厚的一床大花棉被，中間稍稍突了一塊，要不是枕上那參差著白髮的頭，和熟悉的側面，總以為是遠在南部謀生的小弟。

我輕輕的關上壁櫥的門，轉過身時卻碰著了床，引起一陣顫動，爸喃喃幾聲翻過身又睡，我才發覺枕上壓著一張發黃的照片。

「那時候你才生下來不久。」媽指著照片說。

照片已被父親畫得烏黑一片。那時候的父親的確是英挺而壯碩的，不只是他，就連他身旁左右的人都是，扛著槍，戴著船型帽，短袖的制服下是一隻隻厚實的臂。

「國民兵受訓中，大山支隊寫真」照片旁爸用黑筆這麼寫著。

「黑框框起來的就是已經過世的。」媽說著，一邊指著告訴我那是誰，怎麼死的，什麼時候死的，裡頭當然有炳叔、照叔、亮叔他們，和一些我總以為他們還健在的人。

頭上沒黑框的，僅僅剩下三個，一個父親，一個是萬伯——那個長年癱在躺椅上晒太陽的老者，和拄著拐杖在公路局車站賣獎券的水叔。

「都去吧，都去吧，」媽站起來扶了扶我的肩也進去睡：「什麼事一閉起眼都一了百了了！」

死是一了百了嗎？那為何一個人死時總得留下數十人甚至數百人的嚎啕？

有時我真懷疑礦工的猝死是否也是宗教上頭「恩召」的一種？如果是，那神是過於自專自私的，落磬初響的剎那，瓦斯突爆的瞬間，地底的幽靈會下跪感恩嗎？

也許不，至少我沒見過一個災變後從坑底拖出來的屍體是平靜的，我總覺得他們臉上始終帶著不甘不願，也許他們在絕望之前曾想到慈愛的神所沒想到的人——他們的妻，他們的兒女，甚至雙親。

「不行，不夠不夠！」父親又在夢裡吼著：「老大，要是……要是……」

妹把燈熄了，坐在一旁也沒出聲；神案上飄浮著檀香哀傷的味道。

我總記得有一年本礦的浩劫，坑口的小鐵軌旁並排著二十一具屍體。

「誰都不許哭！」蒼老的里長提著燈一路狂吼過去！

現場真的便一點聲響也沒有了，只有北風沿著山坡呼嘯而下的哀鳴，村裡孤單的狗喑啞的吠聲，屍上的草蓆啦啦的掀著，冥紙狂妄的火焰，空氣中沉沉的檀香味。

我望著屍前那一碗一碗白飯，草蓆裡露出來的腳趾，倒跪在地的孕婦凸凸的肚子，和在一旁吸著奶嘴的小孩，自虐地想：有一天，父親他？……我們？……死是神想製造出一些雛妓，一些童工的手段罷了！那時我總那麼偏激地想。

夜裡，我便夢到父親遍身是血，長滿厚繭的手朝我抓來，嚷著：「不行呀！不夠……」

清早拜完了神，連祭品都還沒撤去，爸便急著換衣服，而倒是要我把穿回家的新上衣脫了，穿他的舊夾克。

「現什麼寶？」他冷冷地朝我不耐煩地揮手：「你賺錢了？你日子過的好？還早！」

說完了，也不讓我插手，便肩挑著那些年糕，逕自走了，媽推了我一把，我才恍然地跟他出門；在公路局車上，他仍然沉默著，最後竟睡著了，我偏過頭去看他，清晰地看見他兩鬢參差的白髮，臉上深深的紋路，下巴那道被石頭刮破的長長的疤痕，和沿著嘴角溢流下來的口水，襯托著窗外的相思林，和遠處山坡上九份仔特殊的建築物，我知道他永遠是我父，至少他仍活著。

「到了。」他突然睜開眼咧著嘴笑：「我聞味道知道了！」

九份仔是一年比一年蕭條而冷清；礦村往年那種濃郁的年節味竟蕩然不存，除了昇平戲院和小菜場周遭還見著人群外，愈往上走便愈有步向廢墟的感覺；幾幢舊屋門，散佈著來自都市那種突兀而且荒謬的色彩，手提收音機嘈雜著洋歌，長髮的少年從摩登的手提袋裡拿出春聯，扶著白髮的老人把它貼了。

「人都知道回來祭祖呢！」爸站在坡上看了看說。

我發覺好多屋子都朝外深鎖著，可是春聯卻是簇新的，門楣上甚至還燃著幾柱香，淒淒裊裊地。

不巧的是炳叔家也是大門深鎖，一根扁擔橫搭著門扉，麻繩緊緊地捆住門環，簷下兩個白色的紙燈籠襤褸地隨風搖晃，露出細細的竹架子來。

「娘家來迎回去過年囉！」隔壁阿婆蹣跚地走來說：「東西我收著好了，也難為你們這麼有情有義的，你是第三個送來的哪！」

爸失望地送著她走遠，阿婆喃喃地說：「可憐啊，細工沒當上半個月就這麼完了，我說過他的，年紀大了，跟車子撐不住，他就不信，卡車頂上不是石頭上啊，睡著了命也沒啦……」

亮叔家門是開著，可是卻一點人聲也沒有，爸吼了幾聲也沒人應，於是把那包東西往桌上一擱，仔細地環視了一陣便嚷嚷罵罵地爬著連綿不盡的石階。

「一夫，是你嗎？」我抬頭一看，竟是照嬸，手裡拿著洗衣粉，卻像提著千斤重物似地垂著肩，臉上是一抹怨怨的笑。

「妳還在啊！」爸叫了起來：「我以為妳們都鎖門了呢！」

「上墓頭剛回來的，」照嬸在前面走著，回過頭來說：「亮嫂也去了，恐多耽擱些，那些孩子也不理節氣，硬要為他爹的墓拔草呢！」

「那些孩子……」爸說。

「照仔的墓還好，也沒幾根草。」照嬸輕輕地說。

孩子們見到父親進去，都站了起來，老二還給他端了杯熱茶，一下子卻又在小桌前忙了起來，我走過去一看，原來他們都在裝配工廠裡拿來的小鐵扣，熟練地把那細小的彈簧、鐵環搭配起來。

「一個月也能弄上兩、三千的。」照應說。

「老二功課好嗎？」爸問。

「退步了，」照嬸看看那孩子說：「第二名呢！」

「值得啦，不是嗎？」爸拍拍他的肩說：「老二還得兼副業呢，別人也沒他這麼能幹喲。」

孩子們被這麼一說卻都停下手，嗚嗚咽咽地哭了起來。

「男子漢呢！」爸低著頭嚷。

我轉身出來，卻看到照叔的大女兒也坐在簷下紅著眼眶看天。好久，她才裝出笑說：「謝謝你來看我們。」說完卻又忍不住地憋著聲音哭，我看看她真找不出句話來，偏過頭，卻看到門邊那兩副淡綠色的春聯。

生死一瞬間知焉是禍是福

晨昏兩柱香哭的乃夫乃父

歪斜的字體卻越叫人難忍；等她又抬起頭，我才問：「誰寫的？」

「老么。」

「妳想的嗎？」

她沒說話，隔了一陣才說：「你有沒有想過，阿爸一生為了金子賣命，走時卻沒留下一點金子，而且是癱在菜簍子旁，這樣值得嗎？」

她不待我答卻又狠狠地說：「倒不如讓他死在礦坑裡好了，壯烈激昂些！」

說完她便站起來，把一細柴火用力地抛到照叔以前賣菜的板車上。「礦山號」——車旁仍清晰地留著這三個不死的字。

「老大應當娶個妻子了，」照嬸拍拍我說：「爸爸老了，總該有個孫。」

爸猛回過頭搖著手說：「妳別看得起他，他連自己都養不活了。」

下山時爸卻繞著石階不走，而從屋旁的黃泥小徑過去，山風忽地猛吹過來，隨著九份仔常有的濃霧便從山谷底下漫捲了上來，逐漸地掩覆著長滿茅草的山坡。

「不是我怪你，囔你，」霧裡傳來爸的聲音：「你們賺的錢太少了，拿回來的還不夠付房子的貸款……」

我在棺木蓋子做成的小橋上站定腳，隱約地瞧見他面朝著我呼囔。

「要是，要是有一天我也去了，」他連連地咳了幾聲說：「你們那個苦命的老娘恐怕沒人能侍奉她了！」

霧是越來越濃，帶著森森的寒意。

爸站在那兒不知怎地竟靜了下來，我湊近了才發覺他正用枯草撥弄著石板上的一撮濃痰，痰裡竟夾著斑斑的血絲。

「伊娘，又來了。」爸尷尬地看看我卻連忙用腳搓掉它。

最後他把枯草扔到一旁默默地站著，讓山風吹散了他的頭髮，眨了眨眼睛，突然轉身過去，把手掌圈在嘴旁，像久遠以前的某一個傍晚，昇平戲院上演新片時一般，他朝山下喊著：「照仔——亮仔——炳仔——一起看戲去囉——」

山谷中霧氣的深處裡竟真的傳來清晰的回音，那麼淒厲地一聲：「——看戲去囉！」

一九七七年四月十日　刊於《聯合副刊》

# 樹上的黃瓜

阿彪一手拎著兩瓶紅標，一手緊緊地猛捏著剎車，讓腳踏車吱地一聲衝進被扶桑花叢攔住的埕裡。

「你爸回來啦！」他吼。

太陽斜西，簷上的麻雀被這一陣驚擾，喳喳地追著竹梢的殷紅而去。

「我說，你爸回來啦，」他把車子架起來，朝埕上的一老一少嚷道：「下期俸滿工，嘿，我說……我說你們都死啦？」

「回來啦？」老人回過頭應他，手裡一根竹枝往下滴著鮮黃的油漆。

「大學生今天又搞什麼把戲？」他從口袋掏出花生米往嘴裡塞，扯扯蹲在地上調漆的年輕人的長髮揶揄地說：「寫無字天書？」

「他畫畫，」老人說：「畫得不錯呢，像雲，一朵一朵。」

「不是雲，」那年輕人甩了甩頭髮說：「是變體字。」

「那兒？」

「門上，」老人用竹枝指指屋裡：「他的門，你的門，我們的門。」

「你二號，標誌是氫氧焰吹管，」年輕人用筆蘸了些漆在地上的紙頭試色：「現在只剩我自己沒畫，四號，標誌是筆和心……」

「去你媽的，」阿彪把瓶蓋咬開，猛灌了一口，逕自破口罵了起來：「我說，你吃飽沒事怎不去找姑娘玩，偏搞這些無聊的事，什麼一號二號，我又不是他媽綠燈戶那些花，還編號呢，標誌？你畫根大爛好了，要不然幫我編個三十四號算了，我倒還懷念那個三十四號呢，胸脯上慘藍地還刺了個『忍』字，無聊透頂真是，阿伯你也是，自個兒的房子讓這厮亂搞，你？哈哈，你也有號嗎？幾號？」

「三號！」老人伸出指頭說。

「我說，少年仔，你別折磨老人好不好，他倒貼都沒人要！」

「你別言不及義好嗎？」

「聽嘸！」他又呷了口酒，手一揮，猛放下酒瓶問：「那誰一號？」

「坑仙，」年輕人又蹲下來：「坑仙一號，標誌是新臺幣和算盤。」

「憑什麼他一號？」

「我以為你不在意的。」年輕人斜乜了他一眼。

「我是不在意，」阿彪咂咂嘴說：「只是你……你憑什麼想到，又有什麼理由在這無聊的玩意上也給他一號？」

「他錢賺得多，我是說目前，第二個你，再來老伯，我一毛錢也沒賺到，所以最後。」

「天地良心，」阿彪說：「我以為你又照什麼念書、識字多少來的，我只是……」

「家庭窮困，失栽培，對吧？」

「你怎知道？」

「聽上千上萬次了，你。」

「我說過嗎？……我不記得咧，」阿彪又呷了一口酒喃喃地說：「他媽，對啦，改一下，把坑仙的門畫些奶罩三角褲多好，他不是吃那些的嗎？」

「醉人三分話，」老人拿起小竹簍，又點起一根雙喜，習慣地先把一端用力捏癟了，再輕輕地用指頭順菸支，彷彿這是一件很重要的工作似的專心：「慢著喝，我去摘些空心菜回來素炒。」

「多加些蒜和鹽，」埕外機車的聲音倏然而靜，娘娘腔的聲音說：「別讓醉鬼三兩下掃得清潔溜溜。」

「今天賣了幾件內褲？」阿彪朝外頭嚷：「先在圳溝裡泡泡知否？別把那一身脂粉味帶進來薰得我寢食難安，他媽，今天又領錢，我可沒修過禪。」

老人側過身讓車子進來，先讓人瞧見的是那頂不三不四的帽子，花不溜丟的一堆紀念章，「華歌爾」、「黛安芬」的標誌，甚至連「ＳＴＰ」也在上頭，折起的帽簷卻是「日用百貨供應中心」幾個歪字。

一二五的野狼身上拖掛著兩口大鐵皮箱子，外殼也是滿佈著花花草草，廣告紙上的美女經不起風塵，都褪了色。那人停好車，卻讓車上的錄音機響著，甚至還習慣地把音量放大些。

「老板——有沒有靠得住？」阿彪捏著嗓子問著晃過去，突然把錄音機關掉，大聲地嚷：「你給我一點陽氣好不好？」

「好啦，好啦，我只是習慣性沒副作用地做生意罷了，」那人把帽子掛在車把上，從口袋裡掏出一把錢數了又數，再從上衣內層摸出小記事簿，自顧地念著：「四五，二三六十八，我跟你們說，有些女孩子，一百三十六，三十八，一七，有些女孩沒錢還是要漂亮，二十六，三十八，我今天到加工廠去，賣掉了一千多塊全賒賬，六十五、一十二，下月初才一起去收，二十六，二十六，女人我最了解，對啦，大學生，你在搞什麼？」

「畫畫。」

「你一號，老伯三號，天下第一坑仙所以一號。」阿彪說。

「我給你錢，」坑仙拿著錢在大學生眼前晃：「你幫我把鐵皮箱畫一畫。」

「還有地方畫嗎？」

「有喔，他的屁股還是白的！」阿彪說著在鐵皮箱上踢著玩。

「我是說重新畫。」

「畫什麼？」

「劉文正抱著張艾嘉。」

「不幹！」大學生說：「不幹這種沒氣質的事。」

「有錢咧！」坑仙說。

「不為五斗米折腰！」大學生說。

「聽嘸！」阿彪又叫。

「好吧，這年頭讀書人都不想賺小錢了，」坑仙搖搖頭，突然卻想起什麼似地說：「對了，有新出品的刮鬍刀片，要不要？」

「拿來看看。」

坑仙在鐵皮箱裡挖了一陣說：「美國最新進口，完全Staincess，包不生銹，用完可以再用，用完可以再用，舒適的早晨成功的一天，要不要？批發價打八折！」

「你賺屁？」阿彪說。

「有什麼辦法，朋友互通有無，人生以服務為目的。」

「坑仙的錢都是這麼賺來的。」大學生拿了一包說：「你死了之後嘴巴一定先爛！」

「我一定眼睛先爛。」阿彪也拿了一包說。

「大學生一定頭殼先爛。」坑仙說。

「老伯……」

「老伯爛不了，」老人走了進來打斷阿彪的話說：「老皮硬繃繃，不透風。」

「你要不要刮鬍刀？」

「算了，我還是用剃刀慣勢。」老人說著提著菜往屋裡走。

「要不然留著刮頭也可以，你看，你頭上都沒毛了，一個月還得上次理髮廳多累，這種美國刀片，連豬鬃……」坑仙不死心地追著他去。

「其實你可以幫他畫的，」阿彪跟大學生說：「你不是需要錢嗎？」

「君子愛財取之有道。」

「你以後講話別用他媽那種四句連好不好，又不是唱戲！」

晚餐桌上，光是阿彪在抱怨：「大學生，你以後可不可以行行好，別什麼事想到就搞，弄的他媽空心菜裡也有油漆味道，我薰了一天油味已夠受了，你媽還嫌不夠，老伯沒事種種菜還能吃吃，你呢？」

「是嘛，像我，替你們帶牙膏、牙刷、衛生紙，讓你們一早起來方便。」

「我不跟你們辯這些，反正我說想培養你們生活環境的氣質，你們也不會懂！」大學生說。

「你以為門上那些四不像就是氣質？屁，」坑仙說：「新臺幣最漂亮，長寬恰好，顏色鮮豔清新，可是你卻把它畫成一塊海綿墊子。」

「大學生會念書，」老人說：「還會寫文章，起碼他可以幫我寫信，念信！」

「那沒用，念書為自己念，然後說一些人家聽不懂的話。」阿彪夾了一大把空心菜，喳喳地嚼了起來。

「別說人家，你呢？人家造船你只會拆船，也沒看你弄出什麼好處來，買酒自己喝，還吃老伯的菜！」

阿彪睜大眼睛想嚷，手在半空抖了一陣卻又縮回去，整個臉脹得發紫。

「坑仙見識太淺了，其實阿彪最偉大呢，」大學生最後頭也沒抬地說：「他拆了船，拿鐵去煉成鋼，你才有野狼一二五，沒有阿彪，你褲袋都沒得扣，你應該感謝他，他幫你賺錢，而卻不拿你的錢。」

「對嘛，對嘛，我本來就想說，」阿彪興奮的站了起來，一掌拍得大學生的筷子都掉下來：「這是大學生唯一替我出了口氣的時候，繼續，繼續，來，乾一杯；他媽，大學生有時倒還有些用處！」

「大家都有用，只要不遊手好閒？最沒用的是我，」老人說：「老都老了！」

「不對，老伯最有用，會種菜還會炒菜，」阿彪說：「星期天我請客，答謝老伯，要不然坑仙又會找話刺我。」

「我請好了，」大學生說：「我領了稿費……」

「你算了，」阿彪說：「房租快跟老伯算清，欠了有半年了吧！」

「你們都別吵，」老人站起來收桌子：「誰也別請，我請，孩子們這幾天該會寄錢來的。」

大學生慌慌地站起來，把碗筷都收進去，還嘩啦啦地在廚房裡洗了起來。

阿彪邊罵邊把房門打開：「臭死人了，這到底是什麼鬼！」

他回過頭來，卻看到大學生房門上那個大大的白心和像劍般的一支筆。他看了看、嗅了嗅，卻猛一巴掌地打去，手掌便沾上了一層白漆，心上也有五隻黑黑的指印。

「旅社都沒四號，這王八偏搞個四號！」他喃喃地說著，抓起毛巾便在手掌上搓了起來。

夜裡房間內有淡淡的蚊香味和哀哀傷傷的樂聲。

「大學生又在寫文章了嗎？」老人閉著眼睛問。隔著一層三夾板，大學生的房裡傳來點菸的聲響和沙沙的紙聲。

「你在寫什麼？」坑仙忙著記帳，卻也抽空問了聲。

「寫一篇好笑的東西。」

「好笑！那你他媽的怎麼放這種哭調仔！」阿彪說：「我以為你在寫五子哭墓。」

「我要寫出一些讓人笑完了會流淚的東西來。」

「笑就笑，還流淚？又不是瘋子。」

「就是有瘋子這個世界才值得留戀呢！」大學生說：「這個世界如果有人發瘋，有人自殺，世界才有救，若有朝一日沒人瘋狂，沒人自殺，則情的執著不可見，也就沒有值得留戀的地方了。」

屋裡靜了一陣，窗外蛙鳴便聒噪起來。

「聽嘸！」阿彪用腳在床上猛敲了一陣：「不過我不想自殺，也不想發瘋！」

「因為你無情，所以這是很必然的觀念。」

「大學生，你可不可以念一下你寫的？」坑仙在隔壁說：「做生意時也可以讓那些女人笑笑。」

「只有大綱罷了，」大學生說：「我想描寫一對傻傻的，很純樸的夫婦，為了滿足一時的口欲，竟到別人園裡偷摘黃瓜，結果從黃瓜樹上摔下來死了……」

「哈哈哈……」房裡便整個爆出笑聲來。

「嘻嘻——哈哈——咦——」阿彪笑嚷著：「我真笑出眼淚來了哪！嘻——」

「老伯，」大學生便興奮地起來，頂開椅子朝外頭嚷：「你也笑了嗎？」

「哈哈，是啊，」老伯說：「黃瓜竟長在樹上，還不很好笑嗎？」

「可以寫，可以寫，哈，」坑仙笑得像娘兒般地說：「我再提供一點資料好了，有一天一個人坐巴士上城去，怕忘了下車，於是交代車掌說到站時吹兩聲哨子……結果……嘻……」

「結果那人睡著了，過了站，跑去嚷車掌說：『妳怎麼沒有嗶！』車掌說：『我有……』」

「你怎麼知道？」坑仙一下子都洩了氣。

「他媽，我聽的都膩得想吐了哦！」阿彪啐了一口說：「大學生，我說一個好了。」

「我不寫了！」大學生大叫道。

老人只聽到摔筆的聲音和沙沙地揉紙的聲音。

「可以寫，大學生，」老人真誠地說：「那對夫妻真笨死了，那有黃瓜長在樹上的！」

夜深了，坑仙最後一個熄燈，躺下來時卻又忍不住嘻笑起來：「哈——嘻——爬樹摘黃瓜！」

翌日阿彪正在屋邊刷牙，一看到大學生端著臉盆出來，竟忘情地大笑起來，也顧不著連吞了好幾口涼辣的牙膏沫，含含混混地嚷：「呵，呵——爬到樹上摘黃瓜——」

大學生先是背過身去，而突然卻便把臉盆往地下重重一摔，散著髮嚷：「這就那麼好笑嗎？」「是真的好笑呢？」坑仙在埕邊擦著野狼的身說：「大學生這回真寫出好笑的東西來了，不過我是講良心話，這一下子我是真的笑，不像以前你說笑話時我總裝笑。」

「笑還得裝嗎？」大學生問。

「不裝行嗎？你總罵人沒氣質的，而且……」

「而且什麼？」

「而且每次我逮著機會講笑話時你就罵我粗野……」坑仙說：「所以，以後你多講一點這種笑話，我便自然不會再扯，也許，也就有氣質些了。」

「啊！你賣你的奶罩去吧！」這下子大學生連牙也不想刷了，撿撿地上的東西正想進屋，沒想到阿彪那頭卻讓毛巾摀在臉上，頓著足，彎著腰，像憋住氣般地嘶叫著：「嘻——樹上的黃瓜！」

白天的屋裡一片沈寂，年輕人一不在，老人便忘了自己也有年輕的時候，而倒記起了自己著實老了，外頭的世界早不屬於他的；只要菜園子裡一遍旺盛的蒼翠，葫瓜的白花開遍竹架，絲瓜棚上有飛舞的蜂兒；陽光和煦，竹影款款，那——便比什麼都好！

何況，壺裡有茶，袋子裡有雙喜，中午一過，他們就又會回來的，老人總這麼想，那時自己便又年輕起來了。

這天下午老人便蹲在菜園邊，一手夾著雙喜，一手若有若無地拔著草，自言自語地說：「世界上怎會有那種笨人呢？爬到樹上摘黃瓜？也難怪摔死的！」

郵差從小路那頭急轉過來，也沒剎車，只把一雙腳在地上拖著，一團綠影便優雅地繞個大彎直奔這頭來了。

「老伯，大學生的信！」郵差停下車走了過來說：「報社寄來的。」

「不是錢吧！」老人問。

「是稿件吧，這麼大一疊，」郵差說：「老伯，今年葫瓜長得好呢！」

「自己怕吃不了哪！」老人得意地說：「恐怕要晒一些乾慢慢吃囉！」

「葫瓜乾煮小魚是最下飯的，」郵差說：「其實你也別累著種這些東西，孩子們寄的錢還不夠嗎？對了，前幾天掛號信大學生有沒拿給你？」

「前幾天？……喔，拿了拿了，」老人想了一陣子說：「老頭子嘛，不動動全身便不對勁，何況，留著地不用，田頭公也不答應！」

老人和郵差邊聊邊走出菜園，沒幾步，老人卻拉著郵差的袖子，把摔死人的故事說給郵差聽，最後郵差笑得連帽子也掉了下來，他抱著肚子跟老人說：「叫他好好寫吧，多寫一點這種東西讓大家笑笑，要不然看他一接到報社的信的時候總罵報社沒氣質，看多了也難過，我想這笑話報社總會要的！」

「我會跟他說說，」老人打住笑，揮手送走郵差便又緩緩地踱回屋子去，邊走邊咧著嘴笑，直到樹籬邊一抬頭，才發覺大學生竟早回來了，正抱著一個全身沒塊肉的女孩在簷下陰影的角落裡親嘴；兩頭糾纏不清的長髮翻翻覆覆地，不仔細瞧還真分不清那個是男那個是女。

老人急急地蹲了下來，一面從枝梗的夾縫窺看著，直到他們分開了一會，才深吸了幾口氣，打個乾咳走進埕裡去。

「幾時回來的？你。」老人問。

「剛剛，」大學生指指那女孩說：「姓李。」

「你們坐坐吧，」老人把那封東西遞給他說：「郵差說是報社來的稿件。」

大學生的臉突地一陣慘白，女孩也站了起來，伸手就拿它搶了過去，嘩啦地撕開，兩個人便搶了起來，老人愣了一會卻自顧進去了。

「老伯，我……」大學生隨後卻也就跟了進來：「我告訴你一件事。」

「下三濫的騙子！」那女孩在外頭嚷，個子小，聲音倒和一般女人沒兩樣地尖：「什麼後天見報，鬼打架的什麼，編輯找你去談，一天到晚作家自詡，弄到最後原來是這回事！烏龜，你出來……」

「老伯，我對不起你，我……」

「別難過，」老人拍拍他的肩說：「女人都是這樣的，何況郵差也說報社沒……沒氣質，你把昨晚的笑話寫寫嘛！」

「我求你老伯，你別再說那事情好嗎？」大學生竟哭了起來：「我本來以為一定可以登的，所以……我就……現在補不過來了，我……」

「烏龜，看我怎麼掀你的，烏龜、色狼……」那女孩還在外頭嚷。

「滾妳媽的蛋，」大學生這下子也火起來了，扶著門框往外頭嚷：「妳越叫就越顯得妳勢利罷了，掀吧，我不在乎，我倒想讓人知道聖女是怎麼貼我的……」

老人真一下子被搞昏了頭，他著實不明白這架是怎麼吵起來的，他把大學生拉進屋裡，正想出去看看那女孩，剛探出身卻看到那女孩已經一邊抹著眼淚一邊碎步地往樹籬外跑去，而阿彪竟也回來，車子在女孩身邊剎住，不知跟她說什麼，只看他一臉邪笑，女孩越跑越快，阿彪則猛吹口哨。

「一丘之貉，物以類聚！」女孩遠遠地嚷。

「聽嘸啦！」阿彪猛蹬著車子衝進來，還抽空應她一聲，進了門，一看到大學生便又叫：「哈，樹上的黃瓜——」

「老伯，我……」大學生看了看老人，無意識地來回踱了幾步便低著頭進房裡去。

「這幹嘛？」

「我不懂，本來好好的，還……嘻……」老人又想起剛剛簷下那一幕。

「對了，他媽，告訴你們一件世界上最齷齪的事，坑仙那豬竟然殺起我們來了，」阿彪忽然破口大罵起來：「我今天把昨兒買的刮鬍刀拿去送人，他們說，外頭賣的比那豬拿的還要少好幾塊，老伯，你他媽倒說，他還有沒有人性？竟然有那種心腸賺我們的，不是人嘛！」

「我沒買，」老人說：「其實，做生意總要賺的嘛！」

「唉唉，你佬？……大學生，你說，你買了，你說他對不對！」

裡頭一點聲音也沒有。

「大學生──」阿彪氣極敗壞地叫。

「才幾塊錢。」裡頭喃喃地應。

「這個世界那還有人情道義！」阿彪一聽不禁屈拳頓足地滿屋子撞：「難怪，哼，大學生寫的對，偷摘瓜一定摔死，他媽，管他長在樹上，籐上，坑仙一定被車撞死！」

「阿彪！」老人又提起小竹簍，指指神案說：「別隨便咒人好嗎？」

「好好好好好——」阿彪終於坐了下來：「你們全幹好人去吧，就有你們這種人，坑仙才會被大學生編第一號！」

傍晚坑仙同來後，整個屋頂幾乎掀掉，兩個人言詞不清地吵，罵了一個多小時才停了下來，而裡頭倒有半小時是祖宗倒楣的時間。

「拿去買藥！他媽，以後別想我再供應你們東西，媽的只會算東西多少錢，怎不算其他的，喔，他媽，汽油不要錢，人工不要錢，我又不是你爹！」坑仙像娘兒般尖尖地叫，把錢往地上扔。

「你要賺你說嘛，對不對，可是他媽你怎能欺騙自己人說什麼批發價打八折？」阿彪說著把錢丟還給他：「你拿去買棺材！」

「好了吧，餓了吧你們？」老人端出飯來看看他倆逕自朝裡頭叫：「大學生，吃飯啦！」

隔了好久，裡頭才微微地說：「不餓！」

「是不餓，胭脂吃飽了，」老人喃喃地說。

「他怎麼了？」阿彪問。

「失戀了！」坑仙說：「念書人毛病最多，沒事裝裝愁，愁眉苦臉叫有氣質，人家蹦蹦跳跳罵人輕浮。」

「也許真失戀了，」老人扒著飯說：「你們現在的年輕人真搞不懂呢，一下好一下吵；給他留一點吧，你們。」

「啊——愛情的熱度，真像六月天的柏油路……」阿彪一邊喝著湯，一邊朝裡頭哼：「大學生，鮮魚湯哪！……燒酒若能解愁，世間那有自殺的理由……」

「好啦好啦！」坑仙說：「就是有人自殺，世界才值得留戀哪！大學生，你說對不對？哈，你請吧！」

「你們給我好好吃飯！」老人突然嚴肅地叫了聲：「不罵你們，你們還真鬧出興致來了！」

夜風又逐漸涼了，老人把留起來的飯倒了，把盤子洗好才進房去，剛一開門，大學生卻在裡頭說：「老伯……」

「餓了嗎？」老人停住腳說：「飯剛倒。」

「不是，」大學生靜了一會兒才又問：「假如說，有個人沒經過答應，先把錢拿去用了，你說這可不可恥？」

「我警告你，大學生！」沒等他說完，坑仙在隔壁突然嚷了起來：「你的心不要那麼惡毒，在那兒指桑罵槐，剛剛阿彪要你不說，等事情過了才在那兒興風作浪，還你嘛！他媽，老伯又沒買，什麼拿他錢去用……」

「坑仙，你心裡有鬼是不是？怎知道他是說你？」老伯嚷了聲想了好久，才輕輕地說：「我沒錢讓別人拿，縱是有拿了先用也無妨，總會還不是嗎？」

大學生便不做聲了，倒是一陣銅幣落地的聲響從他房裡傳來，坑仙接著說：「拿去死，他媽。」

半夜老人被尿急醒了，上完廁所進來才發現那三個人的燈全還亮著。

「都還沒睡啊？你們。」

「嗯。」三人懶懶地各應了一聲。

「心不靜吧，」老人又躺了下去，床鋪呀呀地響了一陣，他伸手掏了根菸，又是一捏一順，點了起來，吸了幾口才又說：「明天不是星期天嗎？坑仙，你做不做生意去？」

「賣誰？工廠的警衛？」坑仙在那兒喃喃不休：「自己知道明天是星期天，還問……」

「那明天帶你們去燒香吧。」老人說：「去廟裡走一趟，看大家是不是能靜一點。」

三個人都沒答腔，最後阿彪才翻了個身說：「那早點叫我們。」

路上，老人愉悅地一根接一根地抽著菸，進廟對他來說本是一件滿足而且安慰的事，何況竟帶了三個已逐漸對「自己」的神失去興趣的年輕人來呢？

坑仙是比較誠心些的，也許是做生意的關係；阿彪儘管在買金紙的時候，還不乾不淨的嚷要去「呂祖廟燒金」，可是一進廟門卻連場上那些女孩也忘了瞄，有板有眼的念著自己的祈願，嚴肅得像另一個人般。

最想不到的還是大學生，連連地又跪又拜，一下子伏在祭桌前久久不起，一下子又看著巍巍的神像默念看，最後還是老人走過去輕輕地跟他說：「簡單說說就好了，神會了解的。」

歸途上，四個人真便靜得怕人，連說話也低得聽不見，老人耐不住，只好咳了聲問：「你們都求了些什麼？」

阿彪和坑仙回過頭朝他笑笑。

「我知道，娶某？」老人笑瞇瞇地說：「這還不容易嗎？你呢？大學生！」

大學生邊走邊拉著路旁的茅草葉子，想了好久，才抬頭看著天說：「我求神幫助我，答應我讓我好好寫出一篇能叫全世界的人流淚的悲劇！你們知道嗎？有人說悲劇才是文學的極致！」

「能嗎！這世界要叫我能流淚的事太少了！」阿彪說。

「其實，大學生，你又嘗過什麼悲劇的滋味嗎？」坑仙說：「你們所謂的悲劇就像你一樣，失戀！」

「這倒其次，只要我有信心，我要用我的血我的淚去經營它！」大學生鏗然地說。

「神前無戲言喔！」老人說：「可別用那麼重的心……」

「我會！」大學生說。

四個人便又靜靜地想著自己的事，直到鎮上大學生才說：「你們先回去吧，我去書店。」

「也好，早點回來，中午我請客。」坑仙說：「我去菜場買菜，你們兩個呢？」

「去吧，反正沒事。」老人看看阿彪說。

大學生看他們轉了身卻又叫：「老伯……」

「啥？」老人回過詫異地問。

「喔，」他搖搖頭，朝他們伸伸手，拖著步子頭也沒回地走了：「沒什麼。」

老人看他邁過那道把馬路分成兩截的清回壓線的影子，愣一會，搖搖頭便趕上阿彪他們去。

買好菜，老人又去買了菸和茶葉，阿彪則去買酒，等車的人越來越多，有人早巳不耐煩地去調度室問。

「老伯，」阿彪問：「昨天大學生怎麼搞的？」

「不知道，我從園子回去時，還看他和一個女孩在親熱，後來我把報社的信拿給他，他臉一變，後來就和那女孩吵了起來！」

「念書的人頭腦真麻煩，」阿彪說：「吃飽喝足，還要找時間煩一些不需他去煩的事。」

老人笑著抽菸也沒答他。

「幹！車禍，車子在郵局那頭壓死人啦！」有人躁喊起來，人群一陣騷動。

「大學生不在，要不然他倒可以寫寫，」阿彪說：「這也算悲劇吧！」

有些人一邊走進站裡還一邊議論著，人群便圍過去探個究竟。

「注死的啦，要不然那麼年輕怎會死。」

「我看是學生的樣子，頭髮長長的，有些人認識他，都圍在那兒哭啦！」

「下半身爛糊糊，一件咖啡褲子裂到肚皮上來，」有人連說帶比，「肉啦，褲子啦，血啦，整個黏在牆上，好嚇人！」

「慘喔！」一個老太婆一進站就也抹著淚，擤著鼻涕地走進人叢裡去。

「是大學生！」老人先是聽著，突然抬起頭大叫了聲。

「老伯！」阿彪笑著拍拍他。

「的確是呢！」有人靠近來說：「好多他的同學都在那兒叫，叫什麼……重民，重民的！」

這會兒倒是阿彪先狂喊了出來：「是大學生！」

坑仙把菜往椅上一扔便跑了出去，一會兒卻又回來扶著，喃喃念著：「我說，我說嘛……神前……無戲言，無戲言的嘛！」老人快步的走去，而阿彪卻已轉過街角去了。

郵局前早圍了一層一層的人，可是卻圍不住好些人的哭叫聲。

「慘哪，這車子怎麼開的呢！」有人說；客運司機臉色蒼白地在人群中和警察談話。

大學生真的死了，整個人被車子密密地夾在靠馬路這面的廊柱上，上半身斜癱著，車尚未挪開，但裡頭早空無一人，車窗上還留著未乾的血跡，一點一點濺滿整面窗子。

「我的衣服還有血呢！」有人哭著說。

阿彪站在一旁發愣，坑仙也是；只有老人先是站住了，而後便慢慢地走過去，把阿彪拉走，說：「我說嘛，神前無戲言的。」

司機和警察大聲地辯著，老人靠近屍體，竟伸手把他的頭翻了起來，人群嘩地一聲尖叫。

陽光暖暖地照著，老人伸手在屍體的眼角上抹了下，輕輕地又把他的頭放下來；也不管那濃膩的血腥味道，他甚至蹲下來，揮揮手把膩在屍上的蒼蠅趕走；大學生的褲子真的裂開來了，口袋掀了出來，露出半截被血染紅了的紙頭，老人緩緩地把它掏出來，攤開一看竟是和他孩子每月寄錢回來的單子一樣，只是裡頭的字已看不清了，不過他可認得裡在裡頭那枚他的私章，幾十年前刻的，現在再也找不到這種好石材了，他看了看，便不著痕跡地往自己腰間塞去。

走了出來，阿彪和坑仙都迎上來，他朝他們搖搖手，掏出雙喜，像往日一樣，也不顧一雙手早沾滿膩膩的血，依然習慣地這麼一捏一順，往嘴裡一放，悠悠地點著了。

遠方有救護車嗚咽的聲音噪噪地傳來。

「走吧，總得回去，」老人吐出口菸，朝坑仙和阿彪說：「大學生終於做完想做的事啦，有啥留戀的，嗯！中午吃完飯，我還得幫菜園子裡那些葫瓜上肥呢！」

他們三個人便走了。

一九七七年五月八日　刊於《聯合副刊》

# 後記

月初照例送錢回去，同父親說有人要幫我出書時，他只淡淡地問：什麼書？解釋了一番，隔了好久他才說：你能有書，大粗坑的孩子都該有了！

大粗坑是我苦難的母土，那裡的一人一事一草一木都是我成長過程中難以磨滅的記憶；也許便是遊子對母土的情愫，我發覺在孤獨和困厄的時光裡，她們便是一帖涼藥，畢竟這裡頭有友情、親情，和對一些苦難的印象難以逃避的感受。

就像一個和我一樣在外漂浮十載的友人所說的：如果我們懷著向命運挑戰的自信脫離貧瘠的故鄉，而不能長久把持方向，而頹喪了志氣的話，那對故鄉和父母都是極大的侮辱！很幸運的，離家以來我卻一直擁有無數的照撫和鼓勵，在這些呵護和指導之下我才能完整地走過這段里程，無愧於這個信念。

因此，我願把這本集子先獻給故鄉、友伴和內心所感念的人；由於他們給我的感受，筆端過處便常有他們的影子，他們的生活；也像他們讓我分享喜悅分擔困厄一樣，願請他們分享這份自我情感起伏的紀錄，雖然它並不完美。

書名是我所喜愛的；回顧年輕但無由浪漫的來路，細數這些年的收穫，我的確得到一個永恆的春天，由此以往不管將來如何，有這些情感為伴，深信我會珍視這段路程的一點一滴，深信我會昂然地邁出下一步。

懷著一腔感恩的情，也願把它獻給：

陳天鵬老師——是他告訴我文字之美。

葉先生和他的家人——當我離家時給了我另一個溫暖的家，給了我這麼長遠的關懷和鼓勵。

我父、我母和弟妹，和

S．J．和包舉

沒有他們沒有我。

一九七七年五月廿七日　於北市療

當代名家

# 抓住一個春天：永恆青春版

1977年7月初版
2023年8月二版



定價：新臺幣380元

| | |
|---|---|
| 著者 | 吳念真 |
| 叢書編輯 | 杜芳琪 |
| 內文排版 | 菩薩蠻 |
| 封面設計 | 謝佳穎 |

| | |
|---|---|
| 出版者 | 聯經出版事業股份有限公司 |
| 地址 | 新北市汐止區大同路一段369號1樓 |
| 叢書編輯電話 | (02)86925588轉5394 |
| 台北聯經書房 | 台北市新生南路三段94號 |
| 電話 | (02)23620308 |
| 郵政劃撥帳戶第 | 0100559-3號 |
| 郵撥電話 | (02)23620308 |
| 印刷者 | 文聯彩色製版印刷有限公司 |
| 總經銷 | 聯合發行股份有限公司 |
| 發行所 | 新北市新店區寶橋路235巷6弄6號2樓 |
| 電話 | (02)29178022 |

| | |
|---|---|
| 副總編輯 | 陳逸華 |
| 總編輯 | 涂豐恩 |
| 總經理 | 陳芝宇 |
| 社長 | 羅國俊 |
| 發行人 | 林載爵 |

行政院新聞局出版事業登記證局版臺業字第0130號

本書如有缺頁，破損，倒裝請寄回台北聯經書房更換。
ISBN 978-957-08-6976-7 (平裝)
聯經網址：www.linkingbooks.com.tw
電子信箱：linking@udngroup.com

國家圖書館出版品預行編目資料

抓住一個春天：永恆青春版/吳念真著．二版．新北市．
聯經．2023年8月．336面．14.8×21公分（1977年7月初版）
（當代名家）
ISBN 978-957-08-6976-7（平裝）

863.57 112009233